ÉTUDE

SUR

L'ÉPISODE D'ARISTÉE

DANS LES

GÉORGIQUES DE VIRGILE

PAR

ANDRÉ OLTRAMARE

Professeur à l'Université de Genève

Primo ne medium, medio
ne discrepet imum.

GENÈVE & BÂLE

H. GEORG, LIBRAIRE-ÉDITEUR

Paris, G. FISCHBACHER, 33, r. de Seine.

1892

L'ÉPISODE D'ARISTÉE

DANS LES

GÉORGIQUES DE VIRGILE

ÉTUDE

SUR

L'ÉPISODE D'ARISTÉE

DANS LES

GÉORGIQUES DE VIRGILE

PAR

ANDRÉ OLTRAMARE

Professeur à l'Université de Genève

Primo ne medium, medio
ne discrepet imum.

———————⸙———————

GENÈVE & BÂLE
H. GEORG, LIBRAIRE-ÉDITEUR

Paris, G. Fischbacher, 33, r. de Seine.
1892

AVANT-PROPOS

*Les Géorgiques de Virgile peuvent être considérées
comme le chef-d'œuvre du genre didactique. Si la
pensée ne s'y élève pas à d'aussi grandes hauteurs
que chez Lucrèce, l'art déployé pour atteindre à la
perfection de la forme n'a été surpassé par personne. Or il se rencontre, à la fin de ce beau
poème, tout un grand morceau qui a donné lieu,
récemment encore, à des critiques de nature à porter une grave atteinte à la renommée littéraire de
Virgile. On serait tenté, si elles étaient fondées, de
douter de son talent comme artiste. Le morceau dont
il s'agit, considérable tant par l'intérêt qu'il excite
en lui-même que par son étendue et par la place
qui lui a été donnée, est l'un de ces épisodes que
l'auteur a semés dans son ouvrage afin de rompre*

la monotonie inhérente à toute production didactique ; on les tient, à juste titre, pour les parties
les plus brillantes des livres où ils se trouvent insé-
rés. Le soin que Virgile a pris, dans ses trois premiers chants, de mettre chacun de ces épisodes en
complète harmonie avec les matières traitées, lui
aurait-il fait défaut dans la circonstance où cet art
devenait le plus nécessaire ? Nous ne saurions le
croire. C'est à justifier cette opinion qu'est destiné
le présent travail. Faire rentrer dans le cadre de la
composition générale des figures qui semblent se
mouvoir en dehors du tableau principal et distraire
l'esprit des objets qui lui sont offerts dans le corps
même de l'œuvre, tel est le but que nous avons poursuivi. Si nous avons réussi à l'atteindre, ne fût-ce
qu'en partie, nous estimerons n'avoir pas tout à fait
perdu notre peine.

Genève, 1ᵉʳ février 1892.

CHAPITRE Ier

Le Problème

L'épisode le plus étendu du poème des Géorgiques [1] semble, à première vue, n'être qu'un brillant hors-d'œuvre, tout à fait disproportionné avec le reste de l'ouvrage et peu en harmonie, par la nature dramatique de ses développements, avec le dessein primitif de l'auteur. Il ne se rattache à l'apiculture, objet du dernier chant, que par un lien extérieur emprunté à la tradition hellénique qui faisait d'Aristée le promoteur d'un mode particulier de reproduction des abeilles. Ce procédé, décrit dans les vers qui servent d'introduction à l'épisode

---

[1] Il ne comprend pas moins de 242 vers (IV. 317-558), soit près de la moitié du 4e chant.

(281 à 314), se recommandait, selon le poète, d'une pratique constamment suivie en Egypte [1] : on y faisait éclore un nouvel essaim des entrailles d'un jeune taureau mis à mort par la seule asphyxie, sans effusion de sang *(per integram pellem)* [2]. Ses chairs, mortifiées à force de coups, étaient abandonnées à une lente putréfaction, en un lieu clos, où la lumière ne devait pénétrer qu'obliquement par quatre ouvertures pratiquées selon la zone des vents. Au bout de quelques jours, on voyait pulluler une multitude d'insectes, informes d'abord, puis bientôt pourvus d'ailes, qui s'élançaient en bourdonnant dans les airs, « aussi nom-« breux que les flèches dont les Parthes obscur-« cissent le ciel, quand ils préludent à leurs combats. » [3]

[1] Il s'agit de la basse Egypte où les idées orphiques trouvèrent le plus d'adeptes, particulièrement à Alexandrie, sous les Ptolémées.

[2] Ce détail est en contradiction avec ce que nous lisons vers 284 et suivant : *caesis jam saepe juvencis Insincerus apes tulerit cruor.* De même aussi vers 542.

[3] On sait qu'un bon essaim compte jusqu'à 30,000 abeilles.

Est-ce uniquement dans l'intention d'illustrer par un grand exemple une recette aussi bizarre, que Virgile a répandu tout l'éclat de sa poésie sur l'histoire du berger Aristée ? N'a-t-il pas voulu plutôt envelopper des voiles du mythe un sens profond, des idées et des sentiments qu'il n'aurait pu exprimer directement, sans s'exposer à froisser d'anciens amis et à indisposer peut être ses nouveaux protecteurs ? Pour être à même de répondre à ces questions, rappelons d'abord les traits principaux de l'épisode ; puis nous recueillerons les diverses données propres à nous guider dans la solution des difficultés qu'il soulève.

Inconsolable de la ruine de ses ruchers, Aristée a quitté les vallons de Tempé pour se rendre à la source du Pénée, séjour habituel de sa mère, la nymphe Cyrène, dont il veut réclamer l'assistance. Celle-ci se trouvait alors, en effet, sous la voûte du fleuve, au milieu de la foule de ses compagnes. Occupées à filer de précieux tissus, elles écoutaient l'amusant récit que faisait l'une d'elles des récentes amours de Vénus et de Mars, lorsque les plaintes et les cris d'Aristée arrivent à leurs oreilles. Cyrène, distraite par le charme de la fable et par le bruit des eaux, n'entend pas l'appel désespéré de son fils; mais avertie de sa présence, elle ordonne aux ondes de s'écarter pour ouvrir à son bien-aimé l'accès de sa merveilleuse demeure. Aristée y pénètre et reste stupéfait en voyant s'épancher d'un même bassin les sources des fleuves les plus fameux qui, de là, vont couler en diverses contrées de la terre. Cyrène, après s'être informée de la cause de ses larmes, le fait asseoir à une table somptueusement servie. Elle offre d'abord des libations à l'Océan et aux divinités des eaux; puis elle verse sur les feux de Vesta un nectar liquide qui s'enflamme et, par trois fois, illumine de brillants reflets la grotte de cristal. Elle conseille ensuite au jeune homme d'aller trouver celui qui fait paître au fond de la mer le hideux troupeau des phoques de Neptune, le devin Protée. Lui seul, par la connaissance qu'il a du passé, du présent et de l'avenir, pourra lui découvrir les causes de la maladie qui a frappé ses abeilles. En même temps, elle indique à

son fils en quel lieu il pourra rencontrer le
vieillard, lorsqu'il sort des flots, au milieu du
jour, pour se reposer à l'ombre d'un rocher
faisant saillie sur le rivage. Il lui faudra pro-
fiter de son sommeil pour le surprendre et
l'enchaîner; car Protée cherche par tous les
moyens à fuir ceux qui viennent le consulter;
il a recours à mille déguisements et prend les
formes les plus diverses, avant de revenir à sa
première figure.

Cependant Cyrène répand une vigueur et
une souplesse divines sur les membres de son
fils; puis elle le conduit elle-même vers l'endroit écarté où Protée a l'habitude de passer
les heures les plus chaudes du jour. Dès que
ce dieu, suivi de son monstrueux cortège, s'est
étendu pour dormir sur le rivage, Aristée le
charge de liens et assiste, impassible, à une
série d'effrayantes métamorphoses. Enfin, se
reconnaissant vaincu, mais frémissant encore,
le devin consent à répondre aux questions qui
lui sont posées. Aristée apprend de lui qu'il
est en butte à la colère d'une divinité pour
avoir involontairement causé la mort d'Eury-

dice, épouse d'Orphée; sans la résistance des destins, la punition de son crime serait plus terrible encore. Fuyant un jour devant ses poursuites, Eurydice n'avait pas vu un serpent énorme caché dans les hautes herbes. Morte, les dryades, ses compagnes, l'ont pleurée sur les monts de Thrace, tandis qu'Orphée, demandant à sa lyre de le consoler dans son deuil amer, chantait sa chère Eurydice, et quand revenait le jour et quand le jour disparaissait. Pour la retrouver, il descend jusque dans les enfers, au séjour des mânes. Là, les ombres, charmées par la douceur de ses chants, accourent sur ses pas; le Tartare s'émeut; les serpents des Euménides s'assoupissent; Cerbère suspend son triple aboiement et la roue d'Ixion s'arrête immobile. O prodige de l'amour! ô miracle de l'harmonie! Eurydice est rendue aux prières de son amant, et Orphée, échappé à tous les périls de la route, revenait à la lumière, suivi d'Eurydice, observant la loi imposée par Proserpine, de marcher toujours sans jeter un regard en arrière, quand, arrivé près des portes du jour, pris de vertige, il se retourne et perd, en un instant, tout le fruit de ses peines. L'engagement consenti par le tyran des enfers est rompu et, par trois fois, un grand fracas retentit sur les eaux dormantes de l'Averne. Enlevée de nouveau par l'inexorable loi du destin, Eurydice envoie à Orphée un adieu déchirant et disparaît comme une légère vapeur. En vain il veut la ressaisir : le dur nocher ne lui permet pas de repasser le marais de Styx ; l'ombre froide vogue déjà dans la barque fatale.

Durant sept mois entiers, Orphée pleura son veuvage, tantôt sous les antres glacés des bords du Strymon, tantôt au milieu des frimas Hyperboréens, inaccessible aux plaisirs de Vénus et se refusant à former les nœuds d'un nouvel hyménée. Enfin les femmes de Thrace, irritées de ses dédains, profitent du désordre des fêtes nocturnes de Bacchus pour mettre en pièces celui qui repoussait leurs vœux et dispersent ses membres dans les vastes campagnes. Tandis que sa tête, détachée du tronc et jetée dans l'Hèbre, était emportée par les flots, sa bouche, d'où s'enfuyait le souffle de la vie, appelait encore Eurydice, et les échos des rives répétaient le nom d'Eurydice.

Parvenu au terme de ce récit assez extraordinaire, il faut en convenir, dans la bouche d'un dieu marin, Protée se replonge aussitôt dans son élément, laissant Aristée fort perplexe devant l'obscurité de ses oracles. Cyrène, qui s'était tenue à l'écart, accourt, empressée de dissiper les incertitudes de son fils. « Ce sont, « lui dit-elle, les nymphes avec lesquelles Eu- « rydice avait coutume de former des chœurs, « qui ont causé la mort de tes abeilles. Pour « apaiser leur courroux, choisis dans ton trou- « peau quatre des plus beaux taureaux et au- « tant de génisses. Elève quatre autels devant « le temple des déesses ; fais-y couler le sang « des victimes et abandonne les corps eux- « mêmes sous l'ombrage des bois. Puis, quand « aura brillé la neuvième aurore, offre aux « mânes d'Orphée les pavots du Léthé, et, « après avoir apaisé Eurydice elle-même en « immolant une génisse et une brebis noire, « tu retourneras dans le bois sacré. » Aristée se conforme exactement aux prescriptions de sa mère. Aussi le prodige espéré éclate à sa vue au jour marqué. Des flancs rompus des victimes il voit sortir en foule des abeilles ; l'essaim se forme et va se suspendre au faîte d'un arbre dont les rameaux plient sous le poids de cette grappe vivante.

Telle est l'esquisse, froide et décolorée, des ravissants tableaux que Virgile a évoqués devant les yeux de ses lecteurs pour clore dignement ses Géorgiques. Qui n'admirerait le charme et la vivacité de ses peintures, le mouvement, à la fois calme et entraînant, de sa narration, ses accents pathétiques, vrais cris de l'âme émue, et la suave musique de ses vers ? Là-dessus, tout le monde est d'accord.

Rien d'étonnant que nombre d'artistes, sans parler des poètes, aient puisé dans ces quelques pages de Virgile les plus heureuses inspirations, enrichissant la sculpture, la peinture et la tragédie lyrique de toute une liste de belles œuvres créées sur un thème aussi fécond. Mais, quelle que soit l'admiration qu'on éprouve pour les beautés de l'épisode considéré en lui-même, indépendamment du poème où il est enchassé comme un joyau de grand prix, la critique n'en conserve pas moins ses droits imprescriptibles. A elle il appartient d'apprécier la valeur de la conception au point de vue de l'ensemble de l'œuvre et d'en discuter la raison d'être.

Un épisode pareil, malgré les beautés qu'on y rencontre en foule, ne se justifie qu'autant qu'il concourt, plus ou moins heureusement, à l'effet total que doit produire une composition bien ordonnée. Or, l'impression que laissent les derniers tableaux des Géorgiques, toute poétique et agréable qu'elle est en elle-même, n'empêche pas que des réflexions d'autre nature et des doutes sur la convenance de ce brillant morceau final ne s'élèvent dans l'esprit, après que les prestiges de la poésie ont cessé de s'imposer à l'oreille et à l'imagination. A mesure qu'on se dégage du charme sous lequel vous retiennent longtemps les vers de Virgile, on se pose des questions qui porteraient gravement atteinte à la bonne renommée de l'auteur, si elles devaient rester sans réponse satisfaisante. On se demande si la fable qu'on vient de lire est conforme aux règles sévères de l'art et du genre didactique; la conception répond-elle au but élevé et sérieux que s'était proposé le poète au début de son travail? Comment a-t-il pu, après avoir donné à ses concitoyens, hommes très positifs, tant de préceptes si judicieux et si pratiques, leur proposer, en finissant, une méthode non seulement fantaisiste et transcendantale, mais encore dispendieuse à l'excès, eu égard à la médiocrité du résultat? Pourquoi aussi, après avoir orné ses premiers chants d'épisodes où l'intérêt se concentrait sur l'Italie, sur des faits contemporains et des questions vitales pour Rome, donner pour couronnement à son œuvre une fable toute mythologique dont le théâtre est en Egypte, en Grèce, en Thrace, partout ailleurs que dans les contrées auxquelles s'intéressaient le plus le poète lui-même et ses compatriotes?

Nous verrons plus tard si ces griefs sont aussi fondés qu'ils le paraissent. Bornons-nous, pour le moment, à faire observer qu'on ne saurait du moins reprocher à Virgile d'avoir fait un mauvais choix dans la masse des traditions helléniques. Ce n'est pas d'un sujet rebattu, comme les travaux d'Hercule ou l'aventure du jeune Hylas ou celle de Pélops [1], qu'il s'est permis d'entretenir ses lecteurs. La mort touchante d'Eurydice n'était pas encore entrée dans le cercle des lieux communs. Sauf un récit très sommaire du mythographe Apollodore, il ne nous est rien parvenu sur ce sujet d'aucun des auteurs grecs ou latins antérieurs à Virgile. Nul d'ailleurs, que nous sachions, n'avait eu l'idée d'associer cette légende à celle d'Aristée.

On a supposé, il est vrai, que Virgile a emprunté sa fable au maître de Théocrite, le poète alexandrin Philétas de Cos, peut-être aussi au fameux Euphorion de Chalcis imité déjà par Cornelius Gallus. Mais ce n'est là qu'une pure hypothèse ; si elle avait quelque fondement, un scholiaste aurait-il négligé d'en faire mention ? En tout cas, le sujet avait le mérite de n'être point banal.

Cela ne suffirait pourtant pas à disculper Virgile d'avoir décoré la frise d'un poème

---

[1] *Omnia jam vulgata,* etc. Géorg. III. 4 et suivants.

essentiellement national au moyen d'un bas-relief sans rapport avec les choses de l'Italie. Serait-ce donc qu'obligé, comme le rapporte Servius, de modifier son plan primitif pour se conformer à un désir d'Auguste, il ait supprimé l'éloge de son ami Gallus contenu dans la seconde partie du dernier chant des Géorgiques, et qu'il ait dû combler [1], d'une façon ou d'une autre, un vide aussi considérable ? On s'expliquerait ainsi, à la rigueur, que son choix soit tombé sur une matière telle que l'histoire d'Orphée qui semble n'avoir rien de commun avec l'esprit général du poème [2]; mais est-il possible qu'un morceau si important et travaillé avec le plus grand soin, ne soit qu'un remplissage ? Peut-on admettre aussi que Virgile, comptant trop sur l'indulgence des lecteurs,

[1] Servius *ad ecl.* X, I et *Georg.* IV, I. Le poème des *Géorgiques* avait été achevé, dans sa première forme, l'an 29 av. J.-C., trois ans avant la mort de Gallus tombé dans la disgrâce du prince alors qu'il était préfet d'Egypte.

[2] Notre épisode se rapproche, par certains côtés, du genre idyllique ; Protée joue un rôle semblable à celui de Silène dans la sixième églogue.

n'ait pas craint de mettre dans la bouche de Protée un long récit qui ne se reliait au dernier chant que par un fil des plus ténus, sans parler de l'inconvénient, autrement grave, de faire oublier l'objet principal du poème en détournant l'intérêt sur des figures pathétiques, il est vrai, mais étrangères à la vie romaine ?

Sur toutes ces questions, nous chercherions en vain des éclaircissements chez les critiques et les commentateurs, tant anciens que modernes ; ils ne les ont pas même posées, au moins dans toute leur étendue. Nous nous efforcerons de les élucider, autant qu'il est possible, en essayant d'une interprétation qui, croyons-nous, n'a pas encore été proposée. Nous ne nous flattons point de lever toutes les difficultés ni de rallier à notre manière de voir tous les juges compétents. Toujours est-il que la solution de ce problème littéraire peut seule décider s'il y a lieu de condamner ou d'absoudre Virgile relativement à l'observation de la loi fondamentale qui régit toute œuvre d'art. Elle peut aussi jeter quelque jour sur les motifs qui ont fait adopter à Virgile la distribution arbitraire, en apparence, de la matière des quatre chants de ses Géorgiques. D'où vient, en effet, qu'après avoir traité d'abord des céréales et de la culture en général, puis de la vigne, des vergers et des bois, en troisième lieu des soins à donner au gros et au petit bétail, il ait réservé pour la fin les abeilles ?

CHAPITRE II

Données du Problème. *Les Personnages.*

Il ne faudrait pas s'y tromper, les personnages qui figurent dans l'épisode du IVe chant
des *Géorgiques* ne sont ni des créations de toutes
pièces dues à la libre fantaisie de Virgile, ni
des êtres réels et historiques. Si Aristée, bien
que fils d'une nymphe, agit comme un simple
mortel, il n'est pourtant ni un berger comme
les autres, ni un ancien roi de Céos ou
d'Arcadie ou de Thessalie, auquel on aurait
accordé les honneurs divins après sa mort.
Nous ne croirons pas davantage que le devin
Protée, habile à revêtir toutes les formes, fût,
ainsi qu'on l'a prétendu, un prince dissimulé

et un profond politique [1]. Quant à Orphée,
nous savons par Cicéron [2] qu'Aristote mettait
déjà en doute sa réalité historique. Il ne saurait non plus y avoir de contestation sur la
nature toute mythique de Cyrène et d'Eurydice.
Enfin la génération spontanée des abeilles
a beau être consignée dans un ouvrage du
docte Varron [3], elle n'en appartient pas moins
au monde légendaire de la fiction. Nous sommes
donc en pleine mythologie. Les forces de
la nature qui président aux transformations des
êtres, ainsi que les révolutions célestes dans
leurs rapports avec les phénomènes de la végétation et de la vie animale, voilà ce qui fait
le fond primitif de la légende contenue dans
les vers de Virgile. Elle repose, au moins en
partie, sur un ancien mythe cosmique plus ou
moins voilé sous les développements littéraires.
Les personnages qui y jouent un rôle relèvent
tous de l'antique symbolisme et personnifient,

[1] René Binet, trad. de Virgile.
[2] *N. D.* I, 38.
[3] *De re rustica,* III, 16.

soit les forces naturelles, soit la lutte de
l'homme aux prises avec la nécessité. Mais le
poète n'a pas disposé moins librement du fond
que de la forme des vieux mythes. Il les a
appliqués à des idées nouvelles et leur a prêté
une valeur morale qu'ils étaient loin d'avoir à
l'origine, s'en servant comme d'une forme
appropriée à traduire les sentiments qui l'agi-
taient lui-même en présence des grands spectacles offerts à son imagination dans la nature
et dans l'histoire contemporaine. Le poète
n'est-il pas l'interprète de l'état des âmes à son
époque? Profondément remuées par les com-
motions politiques et sociales d'où devait
sortir un nouvel ordre de choses, alors que
s'ébranlaient toutes les puissantes assises de la
cité antique, les foules éprouvaient le besoin
de se reprendre aux croyances qui avaient été
la base de la première organisation sociale.
Par là s'expliquent et le réveil des cultes de
l'Orient et le retour aux oracles sibyllins et le
goût renaissant des spéculations orphiques ou
pythagoriciennes chez les natures rêveuses et
avides d'idéal. Un petit nombre seulement se

roidissaient dans le stoïcisme ou, comme un Lucrèce, croyant avoir pénétré l'énigme du monde, planaient au-dessus des ruines dans les hauteurs sereines de leur sagesse, tandis que les âmes vulgaires demandaient l'oubli de leurs maux aux satisfactions épicuriennes.

Quant à Virgile, s'il reçut à Rome sa première culture philosophique de Siron, disciple d'Epicure, le séjour qu'il fit, à plus d'une reprise, dans Naples et en d'autres villes de la Grande-Grèce, le familiarisa pareillement avec la doctrine symbolique des Pythagoriciens qui répondait mieux à ses propres tendances. Il apprit aussi à spéculer avec eux sur la vertu secrète des nombres. Les traces en sont manifestes dans l'épisode d'Aristée.

Si nous voulons arriver à saisir le sens caché sous les noms des individus qu'il a mis en scène, et comprendre toute la portée de la fiction où ils interviennent, il est indispensable de nous former d'abord une notion aussi exacte que possible de leur caractère originel, tel qu'il a été dessiné par la tradition. Nous allons donc passer successivement en revue les acteurs du mythe reproduit par Virgile et rassembler les traits sous lesquels ils se présentent chez les poètes antérieurs et chez les mythographes.

Commençons par Aristée, personnage central et pivot autour duquel tourne toute l'action. Il eut, dit-on, pour mère une nymphe du nom de Cyrène, fille d'Hypsæus, roi des Lapithes, issu lui-même du Pénée et de la Terre. Enlevée par Apollon sur le mont Pélion d'où le dieu la transporta en Libye, elle mit au monde Aristée près de la source où devait s'élever un jour la ville de Cyrène. Hermès porta l'enfant divin à son arrière-grand'mère Gaia et aux Heures qui le nourrirent de nectar et d'ambroisie. Il devint par là un dieu secourable à ses amis, chasseur et gardien des troupeaux, identifié à son père Apollon, honoré des mêmes épithètes distinctives [1], adoré enfin dans la Grèce primitive comme dispensateur de l'abondance rurale obtenue par l'élève du bétail, par la chasse et par l'agriculture [2]. Il apprit des Muses

---

[1] Ἀγρεύς chasseur, Νόμιος pasteur.

[2] Le nom d'Aristée, Ἀρισταῖος, très bon, qu'on lui donnait ne diffère pas de celui que portait Artémis (Ἄρτεμις

l'art de guérir et de prophétiser, de faire cailler le lait, d'élever les abeilles, d'unir le miel au vin, de cultiver l'olivier, etc. D'après Diodore, il préserva les Cyclades et toute la Grèce d'une peste causée par les ardeurs de Sirius, en obtenant de Jupiter qu'il fît souffler, durant quarante jours, chaque année, les vents étésiens qui rafraîchissent l'air à l'époque de la Canicule en juillet et en août[1]. C'est sur l'île de Céos qu'il répandit surtout ses bienfaits; mais nous le trouvons aussi en Arcadie[2], en Thessalie, en Béotie, en Thrace, où il participe aux fêtes de Dionysos qui lui enseigna beaucoup de pratiques utiles à la vie agricole, en Sardaigne où il commença le défrichement des terres, en Sicile où on l'honorait à cause des

---

ἀρίστη). La même épithète est attribuée à Apollon dans une inscription : Τῷ Ἀπόλλωνι ἀρισταίῳ. Le culte d'Aristée était l'une des formes locales de celui du soleil bienfaisant, la plus brillante manifestation de Jupiter, Ζεύς ὁ λῷστος, Jupiter Optimus.

[1] Mois consacrés à Jules-César et à Auguste.

[2] Arcadius magister, *Géorg.*, IV, 283. Cf. Evandre, fondateur de Pallanteum sur le Palatin. *Justin*, XIII, 7.

oliviers. Ses nombreux rapports avec Dionysos
expliquent la présence de sa statue dans le
temple de ce dieu à Syracuse[1]. Un relief, pro-
venant de la Cyrénaïque, représente Aristée
sous la figure du bon berger, portant un bélier
sur son dos, une houlette à la main, et entouré
de brebis[2]. On voit aussi à côté de lui des
poissons. Sa tête barbue[3] est parfois accompa-
gnée d'une grande constellation entourant la
tête d'un chien. Une grappe, des abeilles, des
chèvres rappellent souvent ses occupations
habituelles. Ni Homère, ni les poètes tra-
giques n'ont parlé d'Aristée. C'est Pindare qui
a reproduit, d'après les Eoées d'Hésiode, la
légende de Cyrène dans sa IXme pythique : « Je
« veux, dit-il, chanter avec l'aide des Grâces la
« victoire remportée à Delphes par le vaillant
« Télésicrate, cet homme fortuné qui fait l'or-
« nement de Cyrène aux rapides coursiers. Le
« fils de Latone, à la longue chevelure, enleva

---

[1] *Cic. Verr.*, IV, 57, 128.
[2] Cf. Daremberg, p. 424, et les auteurs cités.
[3] Βαθυχαίτης.

« jadis des vallons du Pélion agités par les vents
« une vierge chasseresse[1] et, la transportant
« sur un char d'or, l'établit en ce lieu pour être
« la souveraine florissante d'une terre riche en
« troupeaux et abondante en fruits, dans cette
« troisième et riante partie du monde.

« Aphrodite, aux pieds d'argent, accueillit
« comme un hôte le dieu de Délos et posa sa
« main légère sur le char divin. Elle répandit
« une aimable pudeur sur la couche volup-
« tueuse où s'accomplit l'hymen du dieu et de
« la fille du puissant Hypsée, qui régnait alors
« sur les superbes Lapithes. Petit-fils de l'Océan,
« ce héros avait pour mère la naïade Créuse,
« fille de la Terre, qui, fière de la couche du
« Pénée, l'avait enfanté dans les célèbres val-
« lons du Pinde. Hypsée éleva Cyrène, enfant
« aux beaux bras. Celle-ci n'aima ni les courses
« réitérées de la navette, ni les plaisirs des fes-
« tins partagés avec les compagnes de son âge
« qui la servaient ; mais, se plaisant à com-
« battre avec les javelots d'airain et avec l'épée,

---

[1] Ἄρτεμις ἀγροτέρα.

« elle terrassait les bêtes sauvages pour assurer
« une paix profonde aux bœufs paternels, et
« n'accordait à ses paupières, à l'approche de
« l'aurore, qu'un court sommeil, agréable com-
« pagnon de sa couche.

« Apollon, le bon archer au large carquois,
« la trouva un jour luttant seule, sans armes,
« avec un puissant lion. Aussitôt il appela Chi-
« ron hors de sa demeure : « Quitte ton antre
« auguste, fils de Philyre, lui dit-il, et viens ad-
« mirer le courage et la grande force d'une femme.
« Vois avec quelle intrépidité elle lutte, malgré sa
« jeunesse ; car son cœur est supérieur aux dan-
« gers, et ses esprits ne sont pas agités par la
« crainte. Lequel d'entre les mortels l'a enfan-
« tée ? De quelle souche issue, occupe-t-elle les
« retraites des montagnes ombreuses ? Elle se
« pare d'une vaillance infinie. Est-il permis de
« porter sur elle une main illustre et de cueil-
« lir sur sa couche une fleur délicate et douce
« comme le miel ? » Le vigoureux centaure,
« déridant son front sourcilleux, sourit d'un
« air aimable et lui répondit aussitôt selon sa
« propre pensée : « Elles sont mystérieuses,

« Phébus, les clefs de l'adroite persuasion des
« amours sacrées ; et chez les dieux comme
« chez les hommes, on rougit d'approcher ou-
« vertement d'abord de la couche conjugale.
« C'est, en effet, ton naturel aimant qui t'a
« engagé, toi qui es inaccessible au mensonge, à
« tenir ce langage. Tu me demandes quelle est
« la naissance de cette vierge, ô seigneur, toi
« qui connais la fin suprême et toutes les voies
« de tous les êtres, toutes les feuilles que la
« terre fait pousser au printemps, tous les
« sables remués dans la mer et dans les fleuves
« par les flots et les coups de vent, toi qui
« vois clairement ce qui doit arriver et com-
« ment cela arrivera. Mais s'il faut que ma sa-
« gesse rivalise avec la tienne, je parlerai : Tu
« es venu dans ce vallon pour être l'époux de
« Cyrène et tu vas la transporter au delà des
« mers, dans le magnifique jardin de Zeus.
« Tu l'établiras là, reine d'une cité, après y
« avoir rassemblé un peuple insulaire sur une
« colline entourée de plaines. En ta faveur,
« l'auguste Libye, aux prairies immenses, s'em-
« pressera de recevoir la nymphe renommée en

« des palais d'or. Elle lui fera présent, pour
« que le règne des lois y fleurisse, d'une éten-
« due de terre qui ne soit ni privée d'une
« riche végétation, ni exempte d'animaux sau-
« vages. Là elle enfantera un fils que l'illustre
« Hermès enlèvera à sa mère pour le confier
« aux Heures et à la Terre assises sur des
« trônes brillants. Elles déposeront le nourris-
« son sur leurs genoux, distilleront sur ses
« lèvres le nectar et l'ambroisie, et feront de
« lui un Zeus immortel, un saint Apollon,
« sujet de joie intime pour ceux qui l'aiment,
« gardien des brebis, appelé des noms d'Agreus
« et de Nomios (chasseur et pasteur) ou d'Aris-
« tée pour d'autres. » — Après qu'il eut ainsi
« parlé, le centaure exhorta Phébus à couron-
« ner l'agréable fin du mariage. Prompte est
« l'action des dieux qui se hâtent déjà d'eux-
« mêmes, et leurs voies sont rapides. Ce jour-
« là suffit à Apollon pour réaliser son dessein. »

Après cette citation de Pindare, il serait
oiseux de recourir à d'autres témoignages.
Nous sommes suffisamment renseignés sur la
noble origine de Cyrène, cette nymphe qui fut

jugée digne de la couche d'un dieu ; nous ne pouvons douter non plus de la place éminente occupée dans la tradition religieuse des Grecs par Aristée, cet éleveur d'abeilles qui fut mis au nombre des immortels comme un autre Apollon, ou même comme un des substituts terrestres du roi de l'Olympe [1]. Aussi, dans le cas où divers indices, ainsi que l'ensemble de l'épisode du IVme chant, nous conduiraient à penser que Virgile a mis en scène, sous le nom d'un simple berger, l'un des personnages les plus en relief de son temps, nul ne croira qu'il se soit exposé par là à se faire taxer d'irrévérence.

Portons maintenant notre attention sur un autre personnage dont le nom, plus connu de chacun, ne laisse pas que d'être entouré de beaucoup de mystère. Par la multiplicité même de ses attributions et des rôles qu'il a joués, comme par l'obscurité de ses origines, Orphée échappe aux efforts que l'on a tentés pour défi-

---

[1] Aristée est désigné comme un dieu par Virgile, Georg. IV. 315. Au Ier livre, vers 14, il est invoqué même avant Minerve. Cf. Ecl. 1, 6. *Deus nobis haec otia fecit.*

nir avec un peu de précision sa nature et son essence. Ecartons d'abord l'opinion, longtemps accréditée, que nous avons affaire à une personnalité réelle. Bien qu'Aristote eût nié son existence historique [1], le préjugé n'en subsista pas moins après lui, et, aujourd'hui même, beaucoup de gens se représentent encore un Orphée jouant de la lyre sur les monts de la Thrace et déchiré par les Bacchantes, avec autant de netteté qu'ils se figurent le vieil Homère aveugle et mendiant de ville en ville. Si durable est la vitalité que la muse populaire communique à ses créations ! A peine l'illusion se dissipe-t-elle après que la critique a soumis à son examen les données souvent contradictoires de la tradition. En ce qui concerne Orphée, il a été constaté que les hymnes qui portent son nom sont d'une époque bien postérieure à celle où l'on veut qu'il ait vécu ; ils ont dû être composés, à partir des Pisistratides (527-510), par des Pythagoriciens, tels qu'Ono-

---

[1] *Orpheum poetam, docet Aristoteles nunquam fuisse* (Cic. N. D. 1, 38).

macrite, Cercops, Brontin, etc. On a fait observer ensuite que plusieurs des actions attri-
buées à Orphée lui sont communes avec le
dieu thrace Dionysos, entre autres, l'institution
des mystères ; il en est de même de la nature
violente de sa mort ou de sa disparition. Outre
ces rapports, la critique s'est naturellement
prévalue, contre l'existence réelle d'Orphée, du
fait que son tombeau, de même que ceux de
Zeus et d'Enée, était montré en divers lieux,
chez les Cicones en Piérie, à Libéthra en Béo-
bie, à Lesbos et, en général, partout où se
célébrait la fête des trépassés et de l'année
mourante, la Toussaint de l'antiquité. Après
cela, nous ne nous étonnerons point que Sui-
das n'ait pas connu moins de six Orphée.

Sous cette diversité de figures, il doit y avoir
quelque idée centrale dont les rayons détachés
ont donné naissance à une grande variété de
mythes. Le nom même d'Orphée, ayant été
rattaché par l'étymologie populaire à la même
racine que ὀρφνός sombre, ténébreux [1], peut

---

[1] Cf. ὀρφός, ὀρφανός, *orbus*, ὄρφνη ténèbres, enfer.

nous mettre sur la voie du sens véritable atta-
ché à la personne qui le porte, comme désignant à la fois celui qui enveloppe la vérité de mystère et celui qui est en rapport avec le royaume des ombres. Comme poète, Orphée passait pour être fils de Calliope et d'Œagrus, de même que Linus [1], qui, lui aussi, représente la mort de toute belle chose dans la saison brûlante de Sirius. Dans les conceptions cosmiques, Orphée symbolisait la période ténébreuse de l'année, à partir de l'équinoxe d'automne, lorsqu'elle va comme à reculons et que les étoiles, qui brillent pendant l'été, sont cachées sous l'horizon. Mais, à cette époque même, la lyre céleste d'Orphée, constellation voisine du pôle, conduit toujours le chœur des astres. De même dans l'expédition des Argonautes, le chantre divin est l'âme du navire Argo [2] monté par douze ou par cinquante héros, qui figurent les mois et les semaines du vaisseau de l'année. Par ses chants, il charme

[1] Apoll. Bibl. I, 3, 1.
[2] C.-à-d. le brillant et le rapide, cf. Argus.

les ennuis et détourne les périls de la traversée. Sa lyre triomphe des sirènes, suspend le choc des Symplégades et endort le dragon d'Arès, gardien de la toison d'or. Tout ce qui est barbare de sa nature s'adoucit par l'effet de la poésie, à la seule exception des arrêts de la mort : Orphée ne peut ramener à la lumière ce qu'il a de plus cher au monde. Les trois cordes dont était montée sa lyre à l'origine, de même que celle d'Hermès et du Thoth égyptien, correspondent aux trois anciennes saisons de l'année, à moins que ce ne soit là le nombre consacré pour les choses divines. Dans Virgile [1], elle a sept cordes, autant que les anciens comptaient d'astres errants et de jours dans la semaine [2]. Si nous rapprochons de ces données les analogies qu'Orphée offre d'ailleurs avec Dionysos adoré partout où se rencontrent des traces de la présence du poète, nous pourrons conclure, sans trop de témérité, que si Aristée

[1] Aen. VI, 645.

[2] Lune, Mercure, Vénus, Soleil, Mars, Jupiter et Saturne.

est la forme terrestre d'Apollon, Orphée est
celle de Dionysos et, plus particulièrement, de
Dionysos Zagreus, lequel eut sa passion, ayant
été déchiré et dévoré par les Titans [1], comme
Osiris est mis en pièces par Typhon et jeté
dans le Nil.

Pausanias [2], dans sa description des statues
qui ornaient Thespies, au pied de l'Hélicon [3],
dit que l'image d'Orphée, le Thrace, avait près
d'elle la Τελετή, c'est-à-dire l'Initiation religieuse, et qu'il était environné de bêtes féroces
en bronze ou en marbre, prêtant l'oreille à ses
chants. Il rapporte encore beaucoup d'autres
fables accréditées en Grèce sur le compte d'Orphée, par exemple, que sa voix attirait vers lui les
animaux sauvages et qu'il descendit vivant chez
Pluton pour redemander son épouse aux dieux
infernaux. «A mon avis», ajoute Pausanias qui

[1] Cf. Diodore 1, 23 et 1, 13.

[2] Cet auteur, qui vivait au IIme siècle ap. J.-C, rapporte, outre ce qu'il a vu lui-même, ce qu'il a lu sur
Orphée dans les vieux logographes.

[3] IX, 30, § 3.

« evhémérise il surpassait tous ses devanciers
« par l'harmonie de ses vers et prit un tel ascen-
« dant qu'il passa pour avoir découvert le mys-
« tère des choses divines, les moyens d'expier les
« crimes, de guérir les maladies et d'apaiser la
« colère des dieux. On raconte aussi que les
« femmes de Thrace, irritées de ce qu'il avait
« persuadé à leurs maris de le suivre dans ses
« courses errantes, voulurent attenter à ses
« jours, mais que, redoutant leur colère, elles
« n'osèrent exécuter ce dessein qu'après s'être
« enivrées [1]. D'autres prétendent qu'Orphée
« périt foudroyé par Jupiter pour avoir divulgué
« dans les mystères des choses interdites jusque-
« là aux mortels. D'autres encore assurent que
« sa femme étant morte avant lui, il se rendit,
« pour l'amour d'elle, dans un endroit de la
« Thesprotie qui s'appelait Averne, plus tard
« marais Achérusien, où l'on évoquait ancien-
« nement les âmes des morts. Là, persuadé que
« l'ombre d'Eurydice le suivait, il commit la

---

[1] La vie orphique, vie de chasteté et d'abstinence, est
décrite dans l'Hippolyte et dans l'Ion d'Euripide.

« faute de se retourner pour la voir et, dans son
« désespoir, il se tua lui-même. »

Pausanias s'étend, après cela, sur les divers
lieux de sépulture d'Orphée et cite une légende
de Libéthra d'après laquelle ses ossements ne
devaient jamais recevoir les rayons du soleil,
sous peine d'une terrible catastrophe pour la
contrée. Il entre, enfin, dans quelques détails
très succincts sur les hymnes d'Orphée, composés chacun de peu de vers et ne formant,
dans leur ensemble, qu'un petit volume. « Les
« Lycomèdes [1], dit le même Pausanias, savent
« ces hymnes par cœur et les chantent dans
« leurs cérémonies. Pour l'élégance, ils ne
« viendraient qu'au second rang après les
« hymnes d'Homère ; mais ils l'emportent par la
« vénération religieuse dont ils sont l'objet. »
Dans les écoles orphiques, l'auteur de ces
chants liturgiques était appelé, par excellence,
« *le théologien.* »

Le nom d'Orphée, après n'avoir été pendant

---

[1] Famille de prêtres établie à Phylé en Attique, ana-
logues aux Luperques de Rome.

longtemps pour les Grecs que celui d'un poète originaire de la Thrace, inspiré par Dionysos et les muses de Piérie, a désigné, depuis l'époque des Pisistratides, surtout le prêtre fondateur d'une doctrine ascétique et mystique, empruntée, selon Diodore[1], au culte égyptien d'Osiris et d'Isis. On y rattachait symboliquement la croyance à une résurrection et à une vie supérieure succédant à une période d'abaissement et de mort figurée par une descente aux enfers. C'est ainsi qu'après son passage au solstice d'hiver, le Soleil remonte dans le ciel pour entrer de nouveau dans sa gloire et ramener avec lui les ombres à la lumière céleste. Voilà ce que devaient être Jacchos et Orphée, son représentant, pour les initiés aux grands mystères de la passion du fils de Zeus. Seulement, dans la partie brillante de la carrière du dieu, il n'était plus question d'Orphée le ténébreux; on ne voyait plus que le radieux Phébus

[1] Diodore, *Bibl. Hist.*, I, 23 et 96. La secte orphique transforma plus ou moins profondément les mystères d'Eleusis dans la période alexandrine.

ou Apollon sauveur, l'Horus des Egyptiens, fils d'Osiris. De même Enée, après ses longues erreurs et les épreuves qu'il a traversées, disparaît à la fin dans les eaux du Numicius, pour revivre éternellement sous le nom de Jupiter indigète.

Maintenant que nous avons marqué les traits essentiels de la figure d'Orphée et que nous sommes fixés sur l'idée générale qu'on s'en faisait, voyons ce que peut bien avoir été cette Eurydice pour laquelle il descendit dans les régions infernales et en affronta toutes les horreurs. Sa mort, causée par la morsure d'un serpent, impliquerait qu'elle n'était qu'une simple mortelle si Virgile ne disait qu'elle fut pleurée par les dryades dont il fait ses compagnes ; nous pouvons donc la classer parmi les nymphes, dont la vie, sans être éternelle, égalait celle des êtres mêmes dans lesquels elles résidaient. Vu l'absence de toute autre donnée sur son état civil, nous en sommes réduits, pour ce qui la concerne, à former des conjectures. Comme nous l'avons dit, dans toute la littérature grecque et latine antérieure à Virgile, l'histoire d'Eury-

dice ne se trouve que dans le seul Apollodore,
mythographe [1] qui a vécu au IIme siècle avant
Jésus-Christ. Sauf les détails et les ornements
poétiques, son récit contient les mêmes circonstances essentielles que nous lisons dans Virgile et n'ajoute aucun élément nouveau à ce
que nous savons par les Géorgiques. Il est possible qu'il y ait eu de plus amples matériaux à
exploiter dans un poème appartenant à la littérature orphique composé par Prodicus de Sa-
mos, sous le titre : Εἰς Ἅιδου κατάβασις. D'après
Clément d'Alexandrie qui le mentionne [2], il y
était raconté comme quoi Orphée était des-
cendu dans les enfers par amour pour Eurydice ; comment, confiant en sa lyre, il y
avait pénétré par l'ouverture du Ténare ; quels
spectacles s'étaient offerts à lui dans la demeure
de Pluton et quelles pensées cette vue avait fait
naître dans son esprit [3].

Les rapports que nous avons eu l'occasion de

---

[1] Apoll., *Bibl.*, I, 3, 2.
[2] *Strom.*, I.
[3] Cf. *Argon. d'Orphée*, v, 40 sqq.

signaler entre Orphée et le héros Enée, tous deux de race phrygienne[1], se retrouvent naturellement entre leurs épouses Eurydice et Créuse. L'une et l'autre portent des noms de reines, et elles se perdent également en chemin, au moment de franchir l'enceinte de flammes qui les étreignait. L'identité est telle que l'auteur des *Cypria* (Stasinus?) et celui de la *Ruine d'Ilion*, Ἰλίου πέρσις, nommé Leschès de Lesbos, lequel fleurissait au milieu du VIIme siècle avant notre ère, sont cités par Pausanias[2] comme ayant donné pour épouse à Enée, non pas Créuse, mais Eurydice. C'est pareillement une Eurydice qui, dans les annales d'Ennius[3], était l'amante du héros troyen et la mère des fondateurs de Rome. Un autre rapprochement, enfin, s'offre à l'esprit avec une certaine vraisemblance et aurait une portée plus grande encore que le précédent ; malheureusement, on

---

[1] On a lieu de croire que les Thraces dits *mythiques* sont sortis de la Phrygie.

[2] *Hell. Perieg.,* X, 26, 1.

[3] Vahlen. *Enn. rel.,* 34.

ne peut dire qu'il repose sur aucune donnée bien certaine ; il prête même à plus d'une objection. On est tenté de voir dans l'Eurydice (Εὐρυδίκη) de Virgile, sinon une reproduction identique, du moins l'image effacée de la Diké ou Thémis ou Némésis [1] des Grecs, c'est-à-dire une personnification de la Justice exercée au loin, même chez les morts [2]. Germanicus, dans ses *Phénomènes* d'Aratus [3], l'a désignée par les mots de *Vierge très juste,* qui rappellent l'épithète que Virgile donne à la terre [4] ; ainsi que Cérès, elle est représentée avec une couronne d'épis ou un simple épi dans la main. Dans ses *Métamorphoses* [5], Ovide l'appelle des noms de Vierge et d'Astrée :

[1] *Catull.*, 66, 71. *Rhamnusia Virgo,* cf. Ov., *Met.*, III, 406.

[2] La nymphe Eurydice, unie à Orphée d'une façon purement mystique (cf. mariage de Ste-Catherine), serait, pour ainsi dire, le reflet terrestre d'Astrée, de même qu'Aristée est le doublet d'Apollon et qu'Orphée est un Dionysos en demi-teinte.

[3] V. 136, *justissima Virgo.*

[4] *Georg.*, II, 460, *justissima tellus.*

[5] *Met.*, I, 149.

> ....*et Virgo cæde madentes*
> *Ultima cælestum terras Astræa reliquit.*

Elle fut la dernière des divinités à quitter la terre après l'âge d'or ou au **commencement de** l'âge d'airain [1], et c'est chez les heureux habitants de la campagne qu'elle a laissé les dernières traces de son séjour [2] :

> .... *extrema per illos*
> *Justitia excedens terris vestigia fecit.*

Mais son retour est proche, dit Virgile dans la 4me églogue, v. 6, et, avec elle, doit revenir le règne fortuné de Saturne :

> *Jam redit et Virgo, redeunt Saturnia regna.*

Vierge féconde, en effet, elle ramène en tous lieux l'abondance. Dans Manilius [3], lorsqu'elle est parvenue au 15e degré de son passage, on voit se lever la Couronne d'Ariane qui préside

[1] Cf. German. 132 sqq.
[2] Georg. II, 473.
[3] V, 250.

aux fleurs et à tout ce qui fait le charme de la
vie ; puis, à son 26e degré, lorsqu'apparaît l'Epi
de la Vierge, les greniers se remplissent des
trésors de la moisson ; les moulins et les bou-
langeries répandent partout l'opulence et la
joie. Comme constellation, elle se nomme
aussi Erigone et figure parmi les douze signes
du zodiaque avant la Balance et le Scorpion [1].
Parcourue par le soleil du 20 août au 19 septembre ou, au plus tard, du 23 août au 22
septembre, elle est, entre les constellations dites
supérieures, la dernière à disparaître. Celles
qui la suivent appartiennent à la région dite
chthonienne. L'assimilation de Cérès, ou de
ses équivalents, avec la Vierge, en qui se per-
sonnifie la Justice, s'explique par le fait que la
vie agricole a été la première cause de l'institution des lois civiles. Sa fille Proserpine, enlevée
par Pluton, comme Eurydice, est aussi la
Vierge ou Koré associée, sous le nom de
Libera, à Liber, le dieu dont Orphée est la copie
humanisée. Notons, en terminant, que Virgile a

---

[1] Georg. I, 33.

composé ses Géorgiques dans le voisinage de Naples ou Parthénopolis, la ville de la Vierge [1]; s'il ne peut être démontré rigoureusement que l'Eurydice d'Orphée est la même qu'Astrée, il n'y a, non plus, rien de trop téméraire à penser que l'imagination de Virgile a pu être séduite par l'analogie des idées qu'éveillaient en lui la Vierge céleste dont il rêva l'heureux retour dans sa IVme églogue, et la nymphe des vallons de Tempé, objet éternel des regrets d'Orphée.

Quelle idée devons-nous attacher maintenant au personnage évidemment mythique de Protée ? Dans l'Odyssée [2], Ménélas consulte ce devin dans l'île de Pharos, en employant les mêmes moyens qu'Aristée dans Virgile. Homère le caractérise comme un vieillard véridique, immortel, connaissant toutes les profondeurs de la mer et serviteur de Poséidon. Selon Hérodote [3], c'était un roi de Memphis, contemporain de la guerre de Troie. Pâris, revenant

[1] IV, 563 sq.

[2] Odyss. IV, 384 sqq.

[3] Hér. II, 112 à 118 .Cf. Diod. I, 62.

de Sparte avec Hélène, avait abordé dans ses
états; mais Protée, informé de la perfidie dont
cet étranger avait payé l'hospitalité de Ménélas,
retint Hélène en Egypte dans le dessein de la
remettre un jour à son légitime époux avec
tous ses trésors. De son côté, Euripide, dans
sa tragédie d'*Hélène*[1], raconte qu'elle aurait
été conduite chez Protée par Hermès, tandis
que le berger phrygien n'emmenait à Troie
qu'une image trompeuse de la fille de Tyndare.
On s'explique par là, jusqu'à un certain point,
la singulière interprétation consignée dans cette
note de la traduction de Virgile par René Binet,
ancien proviseur du collège Bourbon : « On a
« dit que les diverses formes que ce dieu savait
« prendre signifient que ce fut un prince dissi-
« mulé et profond politique. » Nous avons
quelque peine à ne voir dans Protée qu'un habile diplomate. Il tenait sans doute, avant tout,
de la nature du caméléon; son caractère était
de prendre à tour de rôle, de même que Zeus,
les formes diverses des animaux qui figurent

[1] Eur. Hel. I, 44.

dans le zodiaque et, en outre, celles d'objets
matériels, comme les arbres, l'eau, le feu, etc.
Mais il y avait, sous le nom de Protée, plus que
la seule représentation des innombrables métamorphoses de la matière. C'est lui qui, selon
les Orphiques, a fait apparaître les choses dans
le monde ; il est lui-même le premier des êtres
créés, πρωτογενής. « J'invoque, » est-il dit dans
l'hymne 25, « Protée qui tient les clefs de la
« mer, qui a donné les commencements de
« toutes les productions naturelles et différen-
« cié la matière sacrée sous des figures mul-
« tiples ; digne de tout honneur, riche en con-
« seil, connaissant ce qui est aujourd'hui, tout
« ce qui a existé jadis et ce qui sera un jour.
« Car la nature première a constitué toutes
« choses en Protée. Viens, ô Père, chez ceux
« qui célèbrent les mystères avec de saintes
« pensées ; envoie-leur la fin heureuse d'une
« vie fortunée, comme couronnement de leurs
« travaux. »

Protée n'était donc pas seulement une propriété de la matière ou un effet des forces de

la nature, mais le principe et la cause première
de toute création nouvelle [1].

[1] Selon M. Philippe Virey, dans son opuscule intitulé :
« *Quelques observations sur l'épisode d'Aristée à propos d'un
monument égyptien* » (tombeau de Rekhmara), Paris 1889,
le dieu humide des Egyptiens, nommé *Kheper* (c'est-à-dire
qui se transforme), est le dieu marin Protée, auteur des
transformations et du renouvellement des existences. En
cette qualité, il est représenté sous la forme d'un scarabée ;
comme dieu de l'élément humide et créateur de l'état
embryonnaire, il a parfois la tête d'une grenouille sur-
montée d'un scarabée, et prend le nom de *Ka*, père des
pères des dieux (note 4, p. 9). Trois bassins représentent
son domaine : celui de Sokari, c'est-à-dire du défunt mo-
mifié, contient ce qui fut ; celui de *Hagt*, c'est-à-dire de
la grenouille, symbole de l'état embryonnaire, contient ce
qui est en train de devenir ; celui de *Kheper*, ou du scarabée (= abeille), symbole de ce qui a pris une forme, contient ce qui est (cf. Georg. IV, 393, *quæ sint, quæ fuerint,
quæ mox ventura trahantur*).

CHAPITRE III

Données du Problème.

Les animaux, les choses et les nombres.

Dans les créations de leur fantaisie, les poètes ne se bornent pas à mettre en scène des
types divins ou humains ; la nature entière
fournit des symboles à l'expression de leurs
idées. Ils donnent un rôle à jouer, non seulement aux dieux et aux hommes, mais à l'animal, à la plante, aux choses inanimées et même
à de pures abstractions de l'esprit. Ainsi, outre
les abeilles qui avaient leur place nécessaire
dans l'histoire d'Aristée, nous voyons interve-
nir dans l'action le serpent, cause de la mort
d'Eurydice, les taureaux immolés, la brillante
étoile de Sirius et l'élément humide avec les
nymphes qui le personnifient. Il n'est pas jus-

qu'aux nombres employés au cours du récit,
trois, quatre, sept, huit, neuf, qui n'aient une
valeur et ne puissent concourir à nous livrer la
clef de la fiction. On sait quelle importance ils
avaient dans la doctrine pythagoricienne. Qui
peut dire qu'ils n'aient pas eu pour Virgile une
signification mystique ? En tout cas, nous ne
devons rien négliger de ce qui peut nous mettre sur la voie et nous éclairer sur la secrète
pensée du poète. Si, de telle ou telle de ces
données, il ne doit jaillir pour nous aucune
lumière, nous en serons quittes pour n'en pas
tenir compte et nous nous garderons de nous
engager dans quelque impasse en poursuivant
une interprétation forcée. Complétons donc
notre enquête en l'étendant d'abord aux *abeilles*.

Que de fois Virgile ne les a-t-il pas chantées,
ses chères abeilles ! Quelles charmantes com-
paraisons il en a su tirer pour ses peintures de
la vie agreste et de la vie civilisée ! Leur léger
bourdonnement invite le berger Tityre à goû-
ter un doux sommeil [1]. Au premier livre de

---

[1] Egl. I, 54.

son Enéide, le poète assimile l'industrieuse activité des Tyriens travaillant à élever la future Carthage à celle d'une ruche ; et le tableau qu'il en a fait est emprunté, sauf quelques variantes, à celui qu'il avait déjà tracé dans les Géorgiques [1]. « Heureux, s'écrie Enée à ce spec- « tacle, heureux ceux dont les murailles s'élèvent « déjà ! » Tant il lui tardait de voir surgir aussi les remparts de la vie éternelle. Dans le VIe livre, vers 707, le peuple innombrable des ombres réunies sur les bords du Léthé avant de retourner sur la terre, est comparé aux abeilles qui, par un beau jour d'été, volent de fleur en fleur dans les prairies et font retentir toute la plaine d'une murmurante mélodie. Au VIIe livre, c'est le laurier consacré par Latinus à Apollon dans Laurente, qu'assiège tout à coup un essaim d'abeilles : elles viennent se suspendre à ses rameaux verdoyants et présagent la prochaine arrivée du héros troyen suivi de la foule de ses compagnons, futurs dominateurs de la citadelle des Latins. Les abeilles ont sou-

---

[1] Æn. I, 430 sqq. et G. IV, 162 à 169.

vent été prises comme symbole de la colonisa-
tion. Mais c'est plus particulièrement dans le
IVe livre des Géorgiques consacré à l'apiculture,
qu'elles s'offrent à l'imagination du poète, avec
leurs mœurs pacifiques ou guerrières, comme
l'emblème d'une république bien ordonnée
dont les citoyens sont possédés de l'amour inné
d'acquérir [1]. Seules, dit-il, elles ont des reje-
tons qui appartiennent à la communauté ; elles
se partagent les habitations d'une même ville
et vivent sous la puissance des lois ; seules,
elles connaissent une patrie et des pénates
fixes [2], etc., etc. Sans former d'unions conju-
gales, elles se donnent elles-mêmes un roi et de
petits citoyens, des *Quirites* [3]. Ce roi veille sur
les travaux ; c'est lui seul qu'elles admirent ;
toutes s'empressent autour de lui avec un fré-
missement flatteur pour lui faire un nombreux
cortège ; souvent elles le soulèvent sur leurs
épaules et, dans les combats, lui font un rem-

[1] *Cecropias innatus apes amor urget habendi* Georg.
IV, 177.

[2] Vers 153 sqq.

[3] Vers 201.

— 53 —

part de leurs corps, cherchant une mort glo-
rieuse à travers les coups et les blessures [1].

On comprend qu'en raison de leur merveilleux instinct, certains philosophes aient prétendu, et Virgile a soin d'en faire la remarque,
qu'il y avait en elles une parcelle de l'intelli-
gence divine et une âme d'origine céleste. « Car
« Dieu, disent-ils, pénètre toutes choses, les
« terres, l'étendue des mers et l'immensité des
« cieux ; c'est de lui que tout ce qui vit, hom-
« mes et bêtes, emprunte en naissant le souffle
« de la vie ; c'est à lui que tout retourne
« ensuite, après s'être décomposé. Rien ne
« meurt, mais les forces vives s'envolent vers
« les astres et regagnent le ciel [2]. »

La fable avait aussi fait des abeilles des êtres
sacrés, chers à Jupiter. Attirées par la retentis-
sante musique des Curètes et le bruit des cym-
bales, elles avaient nourri de leur miel le sou-
verain de l'Olympe au berceau, dans l'antre de
Dicté [3]. Pindare, dans la IVᶜ Pythique, v. 104,

1 Vers 215-218.
2 Vers 219-227 (cf. Aen. VI, 733-743).
3 IV. 150 sqq.

nomme la prêtresse d'Apollon pythien, l'abeille de Delphes [1]. Douées de l'esprit de prophétie, les abeilles ont été, en divers pays, le symbole de la doctrine secrète. Ainsi, dans la langue mystique des druides, la Bretagne est l'île du miel, c'est-à-dire celle où la parole divine est enseignée, où Prydain fait régner l'âge d'or par sa sagesse après en avoir chassé les ours, les aurochs et les loups [2]. Une abeille voltige autour du dieu Krichna, alors qu'il explique à Ardjouna l'essence de la divinité. Elle repose sur les lèvres de Mithras, fondateur des mystères. Le caractère sacerdotal attribué aux abeilles était incompatible avec rien d'impur. Détestant les cadavres et toute odeur de putréfaction, elles devaient être éloignées en cas de décès ; sinon, elles périssaient comme celles d'Aristée. Mais de la mort on voyait sortir aussi la vie. Varron affirme [3], comme Virgile, que les flancs d'un bœuf putréfié donnent nais-

---

[1] Les prêtresses de la Grande Mère et celles de Déméter s'appelaient aussi du nom d'Abeilles, Μέλισσαι.

[2] Norck, Andeut. Mythol., p. 90.

[3] R. R. III, 16.

sance à des abeilles ; à l'appui de cette asser-
tion, il cite ces mots d'un poète épigramma-
tique, Archelaüs, qui vécut sous Ptolémée
Philadelphe : Βοὸς φθιμένης πεποτημένα τέκνα,
enfants ailés d'un bœuf en décomposition. Il rapporte aussi ce vers du même auteur : ἵππων
μὲν σφῆκες γενεά, μόσχων δὲ μέλισσαι, *les*
guêpes sont engendrées par les chevaux, et les
abeilles par les jeunes taureaux [1]. A tous ces
titres d'honneur s'ajoute qu'au point de vue
économique les abeilles jouaient un rôle considérable dans l'alimentation des anciens, puis-
que le miel leur tenait lieu de sucre. C'était
même le mets des dieux, cette ambroisie qui
leur assurait l'immortalité. En voilà, certes,
plus qu'il ne faut pour justifier la place éminente accordée aux abeilles dans le poème de
Virgile.

Le *serpent* ou l'*hydre*, cause de la mort d'Eurydice, était le génie, tantôt du bien, tantôt du

---

[1] Cf. Plut. vie de Cléomène, 39. Dans le livre des
Juges (XIV, 8), Samson trouve un essaim dans la gueule
d'un lion mort, animal qu'on a rapproché du taureau
équinoctial et de l'*October equus* des Romains.

mal. On lui attribuait, en effet, la connaissance des herbes salutaires qui peuvent rendre la vie ou donner la mort. La constellation du Serpentaire figurait, dit-on, Esculape tenant dans sa main le serpent qui lui avait apporté la plante avec laquelle il aurait ressuscité Glaucus, fils de Minos. D'autre part, les poisons mortels du reptile ont fait souvent donner sa forme à Ahriman. De là, sans doute, l'union de deux serpents sur le caducée de Mercure. Dans l'histoire de Laocoon, leurs enlacements sont l'image saisissante de l'inéluctable destin. Une fois leur œuvre accomplie, ils se réfugient sous l'orbe du bouclier de Minerve qui protège en eux les exécuteurs des arrêts de la sagesse divine [1]. Chez les Romains, le serpent était considéré comme le génie du lieu, comme une sorte de *deus indiges* [2]. Le serpent d'Esculape, amené d'Epidaure, fut placé avec le dieu dans l'île du Tibre. Sur les pierres tumulaires, un

[1] Cf. Th. Plüss, Vergil und die epische Kunst, p. 80 sq

[2] De là *servantem ripas*; cf. Perse, sat. I, v. 113 : *Pinge duos angues. Pueri, sacer est locus.*

serpent s'enlaçait souvent autour de l'image des morts ou de la table funèbre ; c'est qu'il faut passer par la mort pour revenir à la vie. Enfin le lever héliaque du Serpent, ramenant l'hiver, symbolisait d'ordinaire l'entrée du mal dans le monde, dans le même temps qu'Eurydice descendait aux enfers pour passer les mois ténébreux dans le royaume des ombres, de même que Proserpine, de même encore que la mère d'Enée qui était aussi son amante, l'Aphrodite ténébreuse (σκοτία) ou Vénus Murcia dont Ascagne ou l'Amour est le fils, de même enfin qu'Eve chassée du paradis terrestre pour s'être laissé séduire par le serpent.

Le *taureau*, symbole de la force fécondante de la nature en général et, en particulier, des fleuves que l'on dépeint le front orné de cornes [1], a donné son nom à la constellation où le soleil entre en avril, alors que ses rayons échauffent le sein de la terre et exaltent la vigueur de tout ce qui respire. C'était, comme

---

[1] *Et gemina auratus taurino cornua vultu Eridanus* G. IV, 371.

l'a dit Virgile, la plus grande des victimes, celle qu'on immolait à Jupiter dans la cérémonie du triomphe [1].

Les *nymphes*, dryades et autres, auxquelles Aristée doit sacrifier quatre taureaux et quatre génisses, représentaient, de leur côté, les mêmes puissances productives de la nature dans les eaux courantes, et la sève qui vivifie toutes choses [2]. Nourrices divines, elles élèvent des dieux ou des fils de dieux, Jupiter, Bacchus, Enée. Néréides, oréades, napées, naïades et dryades, elles sont toutes sœurs, filles de l'Océan, père des choses. Elles remplissent le monde entier ; car elles habitent aussi les eaux de la mer, les montagnes, les vallons et les forêts. Leur nom est le même que celui des fiancées sur lesquelles repose l'espoir des générations nouvelles [3].

---

[1] *Hinc albi, Clitumne, greges et maxima taurus victima, sæpe tuo perfusi flumine sacro Romanos ad templa deum duxere triumphos.* G. IV, 146 sqq.

[2] *Ferte simul Faunique pedem, Dryadesque puellæ ; munera vestra cano.* Georg. I, 11 sq.

[3] Cf. *nurus, nutrix.* skr, *snu,* faire couler (le lait), nourrir.

L'élément humide ne joue donc pas un moins grand rôle dans le récit de Virgile que la terre, les astres, le feu et l'air où volent, en bourdonnant, les abeilles. Outre le dieu Protée, pasteur des troupeaux de Neptune, et les nymphes, nous y voyons l'Océan, à qui Cyrène offre par trois fois des libations de nectar qu'elle jette dans la flamme du foyer ; puis le Nil avec ses sept bouches est décrit amplement, vers 288 et suivants ; dans la grotte merveilleuse d'où sort le Pénée, tous les fleuves, de même que ceux de l'Eden, prennent leur source pour aller arroser des pays fort distants les uns des autres : le Phase en Colchide, le Lycus dans le Pont, l'Enipée en Thessalie, l'Hypanis chez les Sarmates, le Caïcus en Mysie, ceux enfin qui coulent en Italie, le Tibre, avec son affluent l'Anio, et le roi de tous, l'Eridan qui traverse la terre natale de Virgile.

Or la calamité qui a frappé Aristée est un effet de la sécheresse : elle a eu lieu dans la saison où les sources sont taries et les campagnes altérées. Aristée va consulter le dieu marin, alors que Sirius darde ses feux sur les

Indes [1]. En cet endroit, comme dans l'énumération des fleuves, l'imagination de Virgile ne tient nul compte de la géographie; elle l'emporte dans les régions de l'Orient où le mythe a dû prendre naissance. L'astre de la Canicule était aussi d'une grande importance pour l'Egypte ; mais là, son lever coïncidait avec l'inondation du Nil qui devait ramener l'abondance. Pour les Grecs, il annonçait l'arrière-saison et marquait, d'après Eudoxe [2], le commencement de l'année, au 22-23 juillet. Le cycle cynique de 1461 ans, à partir du 20 juillet 1322 av. J.-C., jour du lever matinal de Sirius, a dû finir l'an 139 de l'ère chrétienne. D'autre part, la plus grande fête d'Isis, commémorative de la disparition d'Osiris ou du soleil, dont les rayons sont dispersés, de même que les membres d'Orphée, avait lieu le 17 Athyr et jours suivants. Cherché pendant deux jours, le dieu était retrouvé le 20, qui était le principal jour de la fête. Or le 20 Athyr correspondait au solstice d'hiver fixé

---

[1] *Rapidus torrens sitientes Sirius Indos ardebat cælo*, v. 425 sq.

[2] Environ 381 av. J.-C.

par Eudoxe au 28 décembre, en 362 av. J.-C. [1].
Nous devons rappeler ici qu'Alexandrie fut prise
par Octavien le 1er août de l'an 30, durant la
canicule, et que cette date a été considérée par
quelques-uns comme le point de départ de l'ère
impériale fixée seulement en l'an 27 par Dion
Cassius [2]. C'est aussi dans ce mois, qui fut
appelé du nom d'Auguste, que le soleil entre
dans le signe de la Vierge, le 20 août d'après
Columelle [3], tandis qu'aujourd'hui ce n'est que
vers le 22, et que, très anciennement, c'était le
15, jour de l'Assomption de Notre-Dame. Le
coucher matinal de la Lyre (d'Orphée) a lieu
à la même époque.

Telles sont les principales données astrono-
miques et chronologiques qui ont trait à notre
récit. Ajoutons maintenant à ces indications
que les Géorgiques, achevées en 30, après sept
années de travail, et lues à Octavien, lors de
son retour d'Orient, avant son triomphe au

[1] Cf. Boeckh Uber die vierjährigen Sonnenkreise der
Alten, p. 202 sqq.

[2] 53, 17.

[3] XI, 2.

mois d'août de l'an 29, subirent ensuite d'évi-
dentes retouches dans les détails. C'est même
seulement après la mort du préfet d'Egypte,
C. Cornelius Gallus, en 26, que l'épisode
d'Aristée aurait été substitué à l'éloge de cet
ancien ami de Virgile, si l'on ajoute foi aux
témoignages de Donat et de Servius. Or l'année précédente, le 17 janvier de l'an 27,
L. Munatius Plancus avait proposé de donner à
Octavien le titre d'Auguste qui assurait à l'em-
pereur la consécration de la majesté divine.
Orose a prétendu que la chose eut lieu déjà
l'an 29 et le 6 janvier, jour de l'Epiphanie et
des Rois ou mages guidés par l'étoile apparue
en Orient, « alors qu'auparavant les nations
« étaient assises dans les ténébres et les ombres
« de la mort. » Orose a commis en cela une
erreur, sans doute intentionnelle, au moins en
ce qui concerne le jour indiqué. Car le monument d'Ancyre, ch. XXXIV, confirme la date
des autres auteurs, tels que Censorinus [1] :
« Dans mon sixième et dans mon septième

---

[1] De die nat. 21.

« consulat, en 28 et 27, dit Auguste, après
« avoir éteint le feu des guerres civiles, devenu
« maître de toutes choses par le consentement
« unanime des citoyens, je déposai mon pou-
« voir pour remettre la république aux libres
« décisions du sénat et du peuple romain. En
« reconnaissance de ce service, je fus honoré
« par un décret du sénat du nom d'Auguste ;
« l'entrée de ma maison fut ornée de rameaux
« de laurier ; une couronne civique fut fixée
« au-dessus de ma porte, etc. » On comprend
qu'en dépit de la cessation antérieure du pouvoir triumviral, qui avait expiré en décembre 33,
Dion Cassius ait fait dater de cette année 27
l'établissement définitif de la monarchie.

Après avoir étudié tour à tour les personnes,
les animaux et les choses, nous avons à nous
occuper, en dernier lieu, des nombres qui se
rencontrent çà et là au cours du récit de Virgile. La valeur mystique qu'on leur donnait souvent ne saurait être négligée, pour peu qu'elle
puisse servir à nous diriger dans notre recherche.

Commençons par le nombre *trois* qui s'offre
d'abord à nous dans les vers 384 et suivants, à

l'occasion de la libation faite par Cyrène à l'Océan. Rien là que de très ordinaire dans les choses religieuses : trois étant formé par l'unité unie à la dualité, dont l'une représente l'esprit essentiellement un, l'autre la matière divisible, ce nombre symbolisait, de même que le triangle, la nature divine intervenant dans les actes sacrés[1]. On peut dire également que trois était le symbole du temps, à la fois un et triple dans ses trois formes successives, et qu'ainsi encore il exprimait ce qui est éternel et divin. De là dans les danses (*tripudia*) et les chants religieux les trois battements solennels, et le triple adieu adressé au mort après la cérémonie du bûcher. Par trois fois aussi retentit le tonnerre souterrain, vers 493, pour annoncer l'immuable décret des puissances infernales. Ces quelques faits suffisent déjà pour établir que les noms de nombre n'ont pas été choisis indifféremment par le poète.

Quatre, c'est-à-dire le double et le carré de deux, représente, non plus le temps, mais l'es-

---

[1] Virg. Eclog. VIII, 75. *Numero deus impare gaudet.*

pacc limité, une surface carrée pouvant servir
de base aux constructions de l'homme et de-
venant ainsi le signe de la puissance tant vir-
tuelle qu'effective. Ce nombre, qui se retrouve
dans les âges de la vie humaine et du monde,
dans les phases de la lune et dans les saisons,
dans les points cardinaux et les éléments, etc.,
etc., paraît avoir été en grande estime et d'un
fréquent usage chez les Romains pour désigner
les choses stables ou persistantes dans leur
mobilité même. La légende qui a fait de Numa
un disciple de Pythagore vient peut-être de ce
que les nombres jouaient à Rome, comme
dans l'école pythagoricienne, un rôle de première importance. On sait, en particulier, que
les Pythagoriciens juraient par le nombre qua-
ternaire. Romulus a donné à sa ville bâtie sur
le Palatin la forme carrée (*Roma quadrata*) qui
a toujours été celle du camp retranché et de
l'armée en marche devant l'ennemi (*agmen
quadratum*) ; de même les pierres formant les
solides murailles de Rome étaient carrées
(*quadrati lapides*). Janus, personnification du
commencement et de la fin d'une période fixe,

de l'entrée et de la sortie d'un lieu délimité, n'avait pas seulement deux, mais parfois quatre visages (*quadrifrons*) en rapport avec les quatre points cardinaux et les quatre divisions du jour et de l'année. Ne trouve-t-on pas la même idée dans les hermès de forme quadrangulaire que les Grecs élevaient à l'inventeur des dés, des poids et mesures et du tétracorde, base de leur système musical [1]? Dans un autre ordre d'idées, en langage littéraire, quand Virgile a voulu marquer le *nec plus ultra* d'une chose, soit bonne soit mauvaise, il ne s'est pas contenté du nombre trois pour rendre sa pensée, mais : « O trois et quatre fois heureux ! » s'écrie-t-il ; ou bien : « Par quatre fois le cheval de Troie s'arrête sur le seuil de la porte » et « par quatre

[1] Lorsque, tous les 25 ans, revient dans l'Eglise romaine, l'année du jubilé, le pape l'inaugure solennellement, la nuit de Noël, en frappant à quatre portes murées tout le reste du temps, et il prononce alors ces paroles : « *Aperite mihi portas Justitiæ.* » (Ouvrez-moi les portes de la Justice). Cette formule, ainsi que les quatre portes, a un caractère hiératique manifeste. Il y a là quelque réminiscence de la *Roma quadrata*, et sans doute une allusion au règne de la justice étendu à tous les peuples de l'univers par l'empire et par son héritière, l'Eglise.

fois retentissent dans ses flancs les armes des héros Grecs. » Maintenant, pour en revenir à notre épisode, ce n'est pas moins de quatre autels qu'Aristée doit élever aux nymphes, ni moins de quatre taureaux et de quatre génisses qu'il doit leur immoler pour obtenir un nouvel essaim d'abeilles. Encore faudra-t-il y joindre une brebis noire pour Orphée et une génisse pour Eurydice. Il est vrai qu'Aristée compte dans les pâturages de Céos jusqu'à 300 génisses blanches comme la neige [1]; mais quelle disproportion entre le résultat poursuivi et la grandeur du sacrifice ! N'y aurait-il pas là-dessous quelque mystère qu'il vaudra la peine d'éclaircir pour voir si la fin, en ce cas, ne justifiait pas les moyens ? Mais laissons de côté cette question pour le moment, et procédons à l'examen d'un autre nombre non moins significatif que les précédents.

La passion d'Orphée dure, est-il dit, *sept mois entiers* [2]. Est-ce là un chiffre arbitraire ?

---

[1] Géorg. I, 15.

[2] De même Énée erre sept ans avant de pouvoir aborder dans le Latium.

La raison n'en est-elle pas plutôt qu'Eurydice étant morte en août, pendant la canicule, ce n'est qu'au printemps suivant, plus de sept mois après, que la nature renaît à la vie et que les abeilles recommencent à butiner les fleurs nouvelles [1]? Le nombre sept, formé de trois plus quatre, c'est-à-dire de l'idée d'espace ajoutée à celle du temps, semble avoir été la mesure du développement des choses à travers le temps et l'espace. Ce nombre, dit Cicéron, est le nœud de presque toutes choses [2]. Il aurait pu prendre à témoin les sept planètes, les sept portes de Thèbes, l'heptacorde de Mercure et d'Orphée [3], les sept merveilles du monde, les sept sages, etc. Selon Hésiode, le septième jour du mois était sacré, parce que, ce jour-là, Latone enfanta Apollon [4]. Et Rome, n'était-elle

---

[1] Georg. IV, 305. Cf. *Hoc geritur zephyris primum impellentibus undas*, etc.

[2] *Qui numerus (septenarius) rerum omnium fere nodus est* (Somn. Scip.).

[3] D'après Virgile, la lyre d'Orphée avait sept cordes
   ... *Threicius longa cum veste sacerdos*
obloquitur numeris septem discrimina vocum.
(Aen. VI, 645 sq).

[4] Hes. Ἔργα καὶ ἡμέραι, v. 770.

pas la ville aux sept collines, ayant de tout temps célébré la fête du septimontium ? N'avait-elle pas ses septemvirs épulons et ses sept jours de saturnales ? Le dieu Saturne lui-même a été préposé par les chrétiens au septième jour de la semaine, de même qu'à la septième planète du système astronomique des anciens. Au reste, ce nombre revient très fréquemment dans la théologie chrétienne [1].

Le nombre *huit* n'est énoncé nulle part directement dans l'épisode d'Aristée ; mais il se cache sous les deux groupes de quatre victimes immolées aux nymphes (vers 538 et 540). Est-ce une allusion au nom d'Octavien qui, de son titre nouveau, fit appeler *Augustus* le huitième mois de l'année ? L'octave est, en musique, la plus parfaite des consonnances et, dans la liturgie, une solennité des plus importantes.

---

[1] Sans parler ici de l'obligation de pardonner jusqu'à septante fois sept fois, on compte sept péchés capitaux, sept psaumes de la pénitence, sept sacrements, sept douleurs de la Vierge ; qui ne connaît les sept églises de l'Apocalypse, les sept trompettes du Jugement dernier, le livre aux sept sceaux, les sept anges précurseurs de la Jérusalem céleste ?

Le sens mystérieux attribué au cube de deux se rencontre déjà dans le mythe indien de la tortue portée sur huit éléphants.

Le dernier nombre dont nous ayons encore à parler, *neuf*, passait pour être sacré entre tous, attendu sans doute qu'il est le carré de trois. On y voyait un symbole du salut; or, c'est au lever de la neuvième aurore (v. 543 sqq.) qu'Aristée doit achever l'œuvre réparatrice, éminemment sainte, qu'il a entreprise. Le neuvième mois de la gestation est aussi celui de la délivrance. Le nouveau-né recevait son nom le neuvième jour, parce que sa vitalité paraissait alors assurée. Inversément, le Styx entoure neuf fois les ombres de ses replis pour leur ôter tout espoir de retour à la lumière. Les Grecs avaient leurs neuf muses embrassant tout le cycle des connaissances humaines ; les Romains avaient leurs nones, leurs *nundinæ*, leurs *novensiles di* et leur *novemdiale sacrum*, dont la trace subsiste encore aujourd'hui dans les neuvaines de prières faites en vue d'obtenir une grâce spéciale.

S'il est évident, d'après cela, que Virgile n'a

pas choisi arbitrairement le neuvième jour plutôt que tout autre, nous ne croirons pas davantage qu'il ait pris au hasard, ou pour le seul
besoin du vers, les autres nombres qui se rencontrent dans son récit. Ils doivent avoir une
valeur autre que simplement numérique, un
sens mystique qu'il n'était pas oiseux de déga-
ger, fût-ce au prix de quelques longueurs. Il y
a là, sauf illusion de notre part, un point d'appui pour l'interprétation que nous avons en
vue, une preuve mathématique, en quelque
sorte, qu'en racontant l'histoire des abeilles
d'Aristée, Virgile était préoccupé de choses
d'un intérêt plus sérieux et plus actuel, et
qu'il s'est moins proposé d'amuser les lecteurs
par une fiction ingénieuse due à l'imagination
des Grecs, que de la faire servir à l'expression
de ses propres idées et de sentiments qui s'agi-
taient confusément dans l'âme de ses contemporains. C'est ce qui ressortira, avec toute
l'évidence qu'on peut exiger en pareille matière,
des considérations qui trouveront leur place
dans les derniers chapitres de cette étude.

CHAPITRE IV

Interprétation d'ordre physique et agricole

Si les divers acteurs et les éléments de tout
genre qui figurent dans l'épisode d'Aristée sont
évidemment de nature symbolique, n'est-il pas
à présumer qu'il en est de même de la donnée
générale et des faits dont se compose la trame
du récit? Qu'on nous permette de résumer ici
les principales circonstances de l'action, afin de
rétablir l'ordre chronologique selon lequel tout a
dû se dérouler dans la conception du mythe
lui-même. Première phase : La nymphe aimée
d'Orphée, Eurydice, se voyant l'objet des poursuites d'Aristée, fils d'Apollon, lui échappe par
la fuite pour mourir de la morsure d'un serpent. Orphée, inconsolable de cette perte, descend dans les enfers pour réclamer son amante

et obtient de la ramener à la lumière. Cruellement déçu dans son espoir et désenchanté de toutes les joies de la vie, il finit par être mis en pièces par les bacchantes furieuses de ses dédains ; il expire en invoquant encore le nom de son Eurydice. Seconde phase : La fin tragique d'Eurydice et d'Orphée appelait un châtiment. Les nymphes vengent leurs mânes par la destruction des abeilles qui faisaient la gloire d'Aristée coupable d'un crime involontaire. En face de ce désastre, effet de la colère des dieux, Aristée a recours à sa mère Cyrène qu'il va trouver à la source du Pénée. D'après ses conseils, il consulte le devin Protée qui lui dévoile la véritable cause du fléau ; puis il accomplit les sacrifices expiatoires grâce auxquels le courroux des mânes étant apaisé, la régénération des abeilles a lieu selon le procédé merveilleux indiqué par Cyrène.

Tels sont les événements dont nous avons à pénétrer le sens allégorique. Pour que le mythe réponde à ce qu'on peut attendre d'un poète aussi maître de son art que l'était Virgile, il est nécessaire, non seulement que le fond soit en rapport étroit avec le sujet même traité dans les Géorgiques, mais encore que les idées et les émotions qu'il éveille soient en harmonie, tant avec les grands événements de l'époque qu'avec les sentiments dont l'âme du poète était remplie et qu'il voulait faire vibrer dans l'âme de ses contemporains. De la justesse de l'interprétation dépendra le plus ou moins de solidité des réponses aux questions que nous nous sommes posées au début de cette étude.

On ne saurait mettre en doute que les deux mythes d'Aristée et d'Eurydice, heureusement combinés dans le récit de Virgile, ont eu trait originellement aux révolutions annuelles de la nature et aux opérations agricoles. Protée est, en effet, le type des transformations que subissent tous les êtres et de leur unité primordiale sous la diversité de leurs apparences. Cyrène préside aux eaux qui fécondent et vivifient toutes choses ; Eurydice est une dryade qui, consumée par les ardeurs du soleil caniculaire, se dessèche et meurt dans l'arrière-saison. Tout se fane alors et dépérit ; les sources tarissent ; plus de verdure ni de fleurs où viennent butiner les abeilles ; plus de chants joyeux des oiseaux et des hommes. L'hiver arrive avec ses brumes. Un voile de tristesse s'étend sur la nature entière. Tout semble frappé de mort; en son âme de poète, Orphée mène le deuil d'une beauté à jamais disparue. De son côté, Aristée, ce type du bon et diligent cultivateur, s'alarme à la vue de ses arbres mornes et dépouillés, de ses ruches inactives et engourdies par le froid. Il s'enquiert de tous les moyens de rendre à ses domaines ce qui faisait son honneur et de conjurer la ruine dont il se voit menacé. Il ira dans ce but consulter ceux qui passent pour avoir le don de prophétie et auxquels leur vieille expérience remontant, comme celle d'un Protée, à l'origine même des choses, permet d'embrasser dans une seconde vue les causes secrètes des perturbations exceptionnelles, aussi bien que des phénomènes les plus constants de la nature. Il se met donc en règle avec les puissances célestes par les rites et les sacrifices qu'on lui prescrit, sans rien négliger d'ailleurs des soins qui lui incombent pour assurer les meilleurs résultats de la nouvelle

année. Combien il lui tarde que les haleines
printanières soufflent enfin et que les ruisseaux
recommencent à courir au milieu des gazons
fleuris ! Comme il hâte de ses vœux le moment
où il pourra de nouveau entendre bourdonner
les abeilles ! Le doux murmure des essaims
n'est-il pas la plus haute expression de l'activité rurale favorisée par l'ensemble des conditions naturelles ? La prospérité d'un abeillier
dépend de l'air, de l'eau, du terroir, du soleil,
de la floraison. Aussi peut-on dire que *quand
le rucher va, tout va.* Témoin l'année même qui
vient de finir, 1891, année médiocre à bien des
égards, et dans laquelle la récolte du miel a
laissé, dit-on, beaucoup à désirer pour la quan-
tité et pour la qualité. Pour les anciens surtout, le miel était le luxe de la production
agricole, le luxe, cette chose de tout temps si
nécessaire qu'Aristée déclare à sa mère qu'il ne
fait plus cas de tout le reste s'il doit être privé
de ses abeilles. « Allons, s'écrie-t-il, arrache toi-
« même de tes mains mes belles plantations,
« incendie mes étables, détruis mes moissons,
« brûle mes champs et porte la hache sur mes

« vignes ! Je renonce même à ce qui faisait la
« gloire d'un simple mortel, alors que tu me
« promettais le ciel comme récompense de mes
« travaux. » On voit clairement par ces paroles
qu'Aristée, loin de n'être qu'un simple apicul-
teur, embrassait le cercle entier des opérations
agricoles. Grâce à la fable où il est mis en rela-
tion avec Eurydice et Orphée qui personnifient, de leur côté, les deux phases de l'année
astronomique et ses grandes vicissitudes à travers les saisons, le poète a eu l'art de rassembler, en ce dernier épisode, tout ce qui a fait
l'objet de ses premiers chants. Il a résumé et
concentré en un seul tableau final les joies et
les peines, les espérances et les cruelles décep-
tions, en un mot, la vie entière de l'agriculteur
modèle qui réunit tous les points de son art,
y compris la piété et la religion. Bien qu'Orphée soit, par dessus tout, un théologien et un
interprète des dieux, il se rattache aux choses
rustiques par ses rapports avec Bacchus et Cérès,
comme aussi par le don qu'on lui attribuait
d'avoir transformé, aux sons de sa lyre, les
mœurs sauvages des premiers hommes et de

les avoir fait sortir des forêts pour les tourner
vers les travaux agricoles [1]. De même que Cérès
visite les enfers, en quête de Proserpine, Orphée y va chercher son Eurydice. Or, si la
vierge ravie par Pluton est la semence enfouie
durant l'hiver, celle que pleure Orphée est,
vraisemblablement, la vierge céleste qui tient
un épi mûr dans sa main. L'illusion même
dont il se berce quelque temps, quand il s'ima-
gine que son amante est rendue à la lumière
du jour, ne serait-elle point une allégorie et
une manière ingénieuse de désigner cette courte
période de l'arrière-automne où une tempéra-
ture plus douce et la parfaite sérénité de l'air

---

[1] L'œuvre civilisatrice d'Orphée, mise en relief par
Horace (A. P. 391 sqq.), attesterait au besoin ses attributions agricoles. Son rôle est pareil à celui de Déméter
Θεσμοφόρος (legifera Ceres, Aen. IV, 58) et plus encore à
celui d'Osiris qui, selon Plutarque (de Iside et Osiride,
ch. XIII) fit renoncer les Egyptiens à leur vie sauvage et
misérable, leur apprit à cultiver la terre, à obéir à des lois
et à honorer les dieux. Il parcourut, en outre, le monde
entier en y répandant la civilisation, et c'est bien moins
par la force des armes que par la persuasion aidée du
chant et de la musique, qu'il attira à lui tous les hommes. Aussi les Grecs l'ont-ils identifié à leur Dionysos.

font croire au retour des belles journées de l'été ? Cette série dure une quinzaine de jours environ et finit brusquement d'ordinaire par un changement complet de l'état atmosphérique. Il suffit souvent d'une nuit pour rompre le charme et faire évanouir le riant aspect que la nature offrait encore la veille. Le cultivateur qui se flattait déjà peut-être d'une heureuse exception à la loi fatale de la morte-saison, n'est pas moins douloureusement frappé qu'Orphée à l'instant où il se voit enlever Eurydice sans espoir de retour[1]. L'interprétation que nous proposons ici de l'un des traits les plus émouvants du récit de Virgile pourra paraître quelque peu hasardée et n'est pas, sans doute, l'explication véritable ; mais nous n'avons pu résister à la tentation d'un rapprochement qui, s'il n'est pas rigoureusement exact, a du moins l'avantage de faire sentir combien le mythe d'Orphée et d'Eurydice, dans ses détails comme dans ses grandes lignes, est susceptible

[1] On sait que les Grecs appelaient du nom gracieux de « jours alcyoniens » ce qu'est pour nous l'été de la Saint-Martin.

de se relier à ce qui, de près ou de loin, inté-
resse la vie rustique. Remarquons aussi, en
passant, qu'en ce point comme en bien d'autres, les récits mythologiques destinés à drama-
tiser les plus simples phénomènes de la nature,
les ont souvent voilés et obscurcis, parce que
le sens véritable et originaire en était oublié et
qu'à un fait purement matériel venait se joindre ou même se substituer une pensée morale
étrangère à la donnée première.

Quelque jugement qu'on porte sur la valeur
de la conjecture que nous avons émise en dernier lieu, nous nous croyons fondé à conclure
de l'ensemble de notre examen que tous les
personnages de l'épisode, sans exception, ont
trait, non pas d'une manière superficielle et
éloignée, mais directement et profondément, à
ce qui constitue le sujet même des Géorgiques
ainsi qu'à la matière du dernier chant. Comment donc un philologue aussi distingué que
M. Otto Ribbeck a-t-il pu avancer dans son
Histoire de la Poésie romaine [1] que la seconde

---

[1] IIe vol. paru en 1889, p. 51.

manière dont Virgile a terminé son poème n'offre aucune connexion intérieure avec le reste ? Nous sommmes bien plutôt porté à croire que l'éloge de Cornelius Gallus auquel il aurait dû renoncer pour des motifs complètement étrangers à l'art, eût été un pur hors-d'œuvre. Ce prétendu sacrifice, fût-il réel, nous a valu incontestablement des beautés de premier ordre. Nous n'y avons rien perdu, loin de là.

CHAPITRE V

Interprétation d'ordre historique

Ce n'est pas seulement avec l'agriculture et
le monde physique que l'épisode d'Aristée se
trouve en rapport intime ; c'est encore, nous
espérons pouvoir le démontrer, avec ce qui a
été l'idée inspiratrice des Géorgiques, avec l'un
des sentiments les plus profonds et la préoccu-
pation la plus habituelle de notre poète. Est-il
croyable que Rome et l'Italie, qui tiennent une
place si éminente dans les autres parties du
poème ainsi que dans toutes les œuvres de Virgile, aient pu demeurer absentes d'un morceau capital où devait être posé le couronnement de l'édifice élevé à l'instigation de celui
qui était le confident des desseins politiques
d'Auguste ?

Virgile a chanté, on sait avec quelle prédilection, les douceurs de la vie paisible que mène l'homme des champs ; lui-même, à défaut de la gloire réservée aux travaux d'un génie tel que celui de Lucrèce, eût borné ses vœux à respirer l'air pur des forêts, à rêver au bord des fleuves, sur les hauts sommets du Taygète ou dans les vallées de l'Hémus. La nature exerçait sur lui un tout puissant attrait, quelle que fût la contrée où elle déployât ses beautés gracieuses ou sauvages. Il n'en était pas moins pourtant tout pénétré de l'esprit national et romain, admirateur de la ville aux sept collines, enthousiaste des gloires de son passé et de tout ce qui a contribué à la grandeur de son empire. L'Italie avec ses merveilles, avec les antiques et fortes races dont elle était peuplée, revient sans cesse dans ses vers. N'est-ce pas de l'Italie qu'il a fait l'éloge dans le second livre des Géorgiques, comme du plus beau pays du monde ? N'est-ce pas le cri répété d'*Italie, Italie!* qu'il a fait sortir de la bouche des compagnons d'Enée, lorsqu'ils saluent joyeusement les rivages de cette terre promise aperçus enfin au milieu des brumes de l'Adriatique [1] ? N'est-ce pas enfin pour l'Italie qu'il a entrepris de célébrer les bienfaits de l'agriculture, de cet art honoré des anciens, et qu'à l'imitation du vieil Hésiode il a fait entendre ses chants à travers les cités romaines [2] ? Oui, il y avait en lui l'âme d'un citoyen passionné pour la terre natale, plein d'une ardente sympathie pour les joies comme pour les malheurs de ses compatriotes. Rome et l'Italie, inséparables dans sa pensée, se retrouvent au fond de ses plus belles inspirations.

L'histoire d'Aristée, tout hellénique qu'elle est, ne pouvait faire exception à la règle. Le théâtre où elle se déroule a beau être au loin, dans l'Orient, il faut que par tel ou tel détail inattendu, l'esprit de l'auteur se reporte, et nous avec lui, du côté de l'Italie. Ainsi, dans l'énumération des fleuves qui s'épanchent du même réservoir souterrain que le Pénée, nous

[1] Aen. III, 521 sqq.

[2] G. II, 174 sqq. *Tibi res antiquæ laudis et artis ingredior sanctos ausus recludere fontes Ascraeumque cano Romana per oppida carmen.*

voyons figurer, outre le Tibre (*Tiberine pater*)
les courants de l'Anio qui sort de chez les
vieux Sabins, et le majestueux Eridan qui ar-
rose les plaines où naquit Virgile [1]. On est fort
surpris de rencontrer de tels noms à côté du
Phase, de l'Hypanis (Bug), du Caïque, du Lycus qui appartiennent à la Colchide, à la Sar-
matie, à la Mysie et au royaume du Pont.
Aristée lui-même, désigné comme un pasteur
d'Arcadie [2], fait penser naturellement à un
autre Arcadien émigré en Italie, à Evandre,
fondateur de la cité du mont Palatin, et, du
même coup, au nouveau maître de Rome, à
celui qui fixa sa demeure sur cette colline où
il devait bientôt construire le temple de son
dieu favori, Apollon, père d'Aristée.

Il est à remarquer, en outre, que les pays
où Virgile nous promène, la Thessalie, la Macédoine et la Thrace, faisaient partie de l'empire et que les Romains s'étaient familiarisés
avec ces lointaines contrées depuis les guerres

[1] *Géorg.*, IV, 369 sqq.
[2] *Arcadius magister*, IV, 283.

de Macédoine, et tout récemment encore par
le récit des grandes journées de Pharsale et de
Philippes. Ces champs de bataille, couverts
d'ossements romains dont le laboureur admi-
rait les grandes proportions en creusant un sil-
lon du soc de sa charrue, étaient déjà presque
une terre quiritaire. Il n'est pas jusqu'à l'Egypte,
d'où Virgile fait venir le devin Protée et la
merveilleuse recette de la régéneration des
abeilles, qui n'eût vivement frappé les imagi-
nations depuis le siége soutenu par César dans
Alexandrie. Au moment même où s'achevaient
les Géorgiques, la dernière héritière des Pha-
raons, Cléopâtre, laissait son royaume tomber
dans les mains de l'heureux héritier de César[1].
Dès lors, les riches moissons des bords du Nil
devaient garantir pour jamais des horreurs de
la famine la ruche bourdonnante des bords du
Tibre. Tout le monde oriental, jusqu'à l'Eu-
phrate et au Caucase, étant devenu romain,
l'horizon des fils de Romulus s'était singulière-
ment agrandi; et, grâce au droit de la con-

[1] IV, 287 sqq.

quête, non seulement de vastes étendues de terres avec leurs habitants et leurs trésors de toute nature, mais encore les divinités, les superstitions et les traditions locales étaient entrées dans le patrimoine commun de quiconque participait aux privilèges de la cité romaine.

Mais ces retours, plus ou moins conscients, que faisait Virgile vers les choses et les lieux qui lui étaient chers, ne sont ni le seul ni le plus fort indice de la direction habituelle de ses pensées. Bien qu'il ait toujours prêté, comme Horace, une oreille attentive au bruit des victoires d'Octavien et qu'il se plût à en prolonger les échos, la teinte générale de mélancolie et même de tristesse répandue sur son œuvre, et les tableaux lugubres qu'il a tracés dans les épisodes de ses trois premiers livres, attestent, sans contredit, qu'il n'était pas indifférent aux misères publiques qu'il avait sous les yeux et dont il avait eu personnellement à souffrir. Quels que fussent les bienfaits qu'on pouvait espérer d'un nouvel ordre de choses, ils devaient tarder à se produire ; et, en attendant, tous les brillants résultats obtenus par le prince et tous ses glorieux triomphes étaient chèrement payés par Rome et par l'Italie.

Depuis longtemps déjà, les conséquences économiques et sociales de l'extension trop rapide de l'empire se faisaient durement sentir. L'organisme politique, constitué à l'origine sur la base d'une cité restreinte, était disproportionné à la somme d'efforts qu'exigeait une aussi vaste machine. De là, tension excessive et, par suite, épuisement de tous les ressorts ; état de fièvre surexcitant les ambitions, exaspérant les rivalités ; course effrénée aux charges, à la richesse, aux voluptés. Les dissensions civiles et les luttes sanglantes qui revenaient à si courte échéance, n'ont été que les manifestations du mal profond qui consumait la république. Tandis qu'à Rome affluaient tous les ferments morbides d'un monde en voie de décomposition, les villes et les campagnes de l'Italie étaient dépeuplées ; les terres les plus fertiles demeuraient incultes, faute de bras ou de capitaux ; les anciens propriétaires, chassés de leurs domaines, s'exilaient en Gaule ou en Asie. Aux confiscations et aux

morts violentes qui atteignaient les nobles pros-
crits, joignez l'incertitude des approvisionne-
ments, l'insécurité des mers infestées par les
pirates aussi longtemps que dura la guerre avec
le fils de Pompée, enfin les menaces perpé-
tuelles de la disette dans un pays qui ne pro-
duisait plus de quoi suffire aux besoins des
multitudes entassées dans la capitale. On comprend qu'en face de tant de calamités, le nouveau maître du monde ait éprouvé un besoin
pressant de réparer, autant que possible, les
maux dont il était l'un des auteurs. Entre autres
remèdes, l'agriculture dut apparaître à ses con-
seillers comme le moyen le plus efficace de
cicatriser les plaies faites par la guerre civile.
Remettre en honneur le travail des champs et
tourner les esprits vers les arts de la paix, tel
fut donc le but que Mécène proposa à la muse
de Virgile ; cette tâche était trop conforme aux
sentiments intimes du poète pour qu'il ne cédât
pas aux désirs exprimés par un tout puissant
protecteur, malgré les difficultés qu'il pressen-
tait dans l'exécution d'une telle entreprise.

Or, après avoir exposé, dans le corps de son

poème, les meilleures méthodes à suivre pour faire valoir les champs, les vignes et les oliviers, le bétail et les ruchers, quelle plus saisissante image pouvait-il offrir de la situation économique que de raconter la dispersion et la ruine des essaims florissants d'un favori des dieux, la douleur de celui qui, malgré sa céleste origine, se voyait dépouillé de ce qui devait faire sa joie et sa gloire, de cet Aristée impuissant, au milieu de toutes ses autres prospérités, à préserver ses abeilles de la famine et de la mortalité qui les condamnaient à périr?

L'assimilation que nous établissons entre les abeilles et les citoyens, n'a rien que de naturel et ne saurait être considérée comme prêtée gratuitement à Virgile. N'a-t-il pas décrit, en effet, dans la première moitié de son quatrième chant, les mœurs de ces diligentes ouvrières animées d'un souffle divin, comme celles d'une république modèle? Même amour de posséder et d'acquérir que chez les Romains; même esprit de solidarité et de dévouement au bien général, même habitude de discipline et d'obéissance aux chefs. Mais lorsqu'apparaissent des causes de dissolution et de mort, où chercher le remède au mal ? Comment faire refleurir la république ? Avant même d'être Auguste, Octavien, en bon berger de ses peuples, a dû souvent agiter avec les siens, avec ses amis et ses confidents, la question des réformes nécessaires dans l'administration de la chose publique ; il a dû chercher les moyens de rétablir la confiance ébranlée, de regagner l'estime et l'amour de ses concitoyens, de se concilier la faveur et l'appui des dieux dans cette œuvre de restauration. Le problème était ardu. Il semble qu'il ne fallait rien moins qu'un miracle pour réparer les injustices et les crimes d'un siècle de guerres civiles, pour apaiser les haines, effacer les traces d'un passé exécrable et faire oublier les violences auxquelles le triumvir s'était laissé entraîner par sa propre ambition autant que par la raison d'état.

Quoi qu'on puisse penser du caractère et des principes dirigeants d'Octavien, il faut reconnaître qu'il se montra à la hauteur de la mission réparatrice dont il s'est chargé, et qu'il mit en œuvre, avec une rare habileté, les moyens ordinaires d'une politique intelligente, tout en se servant, dans une large mesure, de la puissance d'action que le prestige religieux avait conservée sur les masses.

M. Camille Jullian a démontré, dans sa dissertation sur les *Transformations politiques de l'Italie sous les empereurs romains* [1], que dans l'intervalle qui s'écoula entre la guerre de Pérouse, en 41, et celle d'Actium, en 31, Octavien réussit à conquérir les cœurs des Italiens. Lors de la guerre de Modène, en 43, et après la formation du triumvirat, tous les municipes s'étaient montrés favorables à la cause du sénat et hostiles aux triumvirs ; mais lorsqu'Octavien marcha contre Antoine, l'Italie entière se leva pour le suivre. Ce fut une *conjuration* analogue aux enrôlements volontaires en temps de *tumulte* [2]. Il y eut un élan unanime pour lui don-

---

[1] Paris, 1884, p. 19 à 27.

[2] Nous lisons dans le monument d'Ancyre (*Res gestæ Divi Augusti*, V, 3, 4) : *Juravit in mea verba tota Italia sponte sua et me bello quo vici ad Actium ducem depoposcit.* Cf. Suét., *Aug.*, 17 : *Bononiensibus… gratiam fecit coniurandi cum tota Italia.* Virg., *Æn.*, VIII, 678 sq. : *Hinc Augustus agens Italos in prælia Cæsar, cum Patribus populoque Penatibus et magnis dis.*

ner les moyens de faire la guerre à Antoine et à Cléopâtre. Qu'avait-il donc fait pour opérer une telle conversion en sa faveur? Après avoir partagé avec ses collègues tout l'odieux des actes les plus contraires au droit et à l'humanité, il avait donné des gages de son intention de rentrer, le plus tôt et le plus possible, dans les voies légales en faisant des concessions aux petits et aux grands propriétaires menacés d'être dépossédés ou déjà spoliés par l'avidité des vétérans. Les instructions données à ceux qui étaient chargés d'assigner les terres leur prescrivirent d'user de certains tempéraments dans l'exécution.

C'est à ce répit et à l'amitié d'Asinius Pollion que Virgile dut de conserver momentanément, son patrimoine. Il crut voir poindre l'aurore d'un nouvel âge de Saturne et de Rhée :

Ultima Cumæi venit jam carminis ætas ;
Magnus ab integro sæclorum nascitur ordo.
Jam redit et Virgo, redeunt Saturnia regna[1].

Tant on est enclin à l'optimisme quand on est

---

[1] *Egl.*, IV, 4 sqq.

heureux soi-même! Tant on se berce aisément
de l'illusion que tout va pour le mieux dans le
monde, lorsque la Fortune vous sourit! La dé-
ception ne se fit pas attendre, et elle fut cruelle.
Bientôt éclata la guerre de Pérouse avec ses
horreurs; après la prise de cette malheureuse
ville, désolée déjà par une famine qui devint
proverbiale, 400 sénateurs et chevaliers enfer-
més dans ses murs furent immolés par Octavien
aux mânes de César[1]. Les vétérans, insatiables
après chaque victoire nouvelle, se montrèrent
plus exigeants que jamais. Non seulement
Virgile fut dépouillé de son domaine, mais il
faillit être tué par un centurion et s'enfuit à
Rome[2]. De même Eurydice, près d'atteindre
les bords lumineux, était redevenue la proie des
enfers où trois fois retentit le tonnerre souterrain. Par trois fois aussi de formidables se-
cousses ébranlèrent le sol de l'Italie, d'abord
lors de la guerre de Pérouse, puis dans la lutte
avec Sextus Pompée, enfin à l'époque de la

[1] *Dion Cassius,* XLVIII, 14.
[2] *Comm. Serv.,* ad Ecl. IX.

bataille d'Actium. Cependant Mécène avait consolé Virgile de ses malheurs en lui ménageant les bonnes grâces d'Octavien revenu aux maximes d'une politique conciliante. Beaucoup de victimes de la guerre civile furent dédommagées, au moins en partie, de leurs pertes et les dispositions de la dernière loi agraire, celle de Jules César en 53, furent remises en vigueur. Au régime de l'arbitraire et de la violence se substitua de plus en plus le règne de la loi et de la justice, même pour le parti vaincu. Après la défaite de Sextus Pompée, Octavien paya de ses deniers les terres qu'il eut à distribuer encore à ses vétérans. Rentré dans Rome, il proclama solennellement, devant le peuple assemblé, la fin des guerres civiles, le retour de la paix et de la tranquillité et fit fermer le temple de Janus. A partir de la guerre de Pérouse et jusqu'après Actium, il ne se départit pas de ses principes de modération propres à rapprocher de lui les Italiens. Vainqueur d'Antoine, il dépensa 600 millions de sesterces pour acheter les terres avec lesquelles il récompensa ses soldats. Il a pu se glorifier de la fondation de

vingt-huit colonies italiennes dans le monument épigraphique où il a déduit tous les actes
de son administration[1]. L'historien Velléius
en a constaté les heureux effets : *Restituta vis
legibus... rediit securitas hominibus, certa cuique
rerum suarum possessio*[2].

Le régime d'exception avait donc pris fin ;
les choses étaient rentrées, au moins en apparence, dans leur état normal. Aussi vit-on,
comme subitement, renaître à la vie nombre
de villes abandonnées dans l'Etrurie et le
Latium. Grâce à l'ancien privilège d'immu-
nité qui fut rendu à l'Italie, ce pays, épuisé
d'hommes et de biens à la suite de la grande
crise, commença à se relever. Virgile, qui s'était
trop hâté d'annoncer, dès 41, le retour de l'âge
d'or, put cette fois célébrer en toute confiance
avec son ami Horace l'ère nouvelle d'apaisement, de justice et de prospérité matérielle qui
s'ouvrait pour Rome et pour l'empire. L'abondance revenue, Auguste conçut, dit Suétone[3],

[1] *Res gestæ*, 5, 36, cf. 3, 26 à 28.
[2] II, 89.
[3] *Aug.*, 42.

le projet hardi d'abolir à jamais les distributions de blé, parce que les Romains, comptant sur cette ressource, négligeaient la culture des terres; il se borna toutefois à modérer l'excès de cette largesse, afin de concilier l'intérêt du peuple avec celui des cultivateurs et du commerce.

Nous objectera-t-on ici que l'Aristée de Virgile n'a pas eu recours, pour la régénération de ses abeilles et pour l'apaisement d'Eurydice, à des moyens du genre de ceux que les historiens attribuent à Auguste dans son œuvre de restauration ? Il est vrai qu'il n'est question dans le poète que de sacrifices à accomplir et de victimes offertes aux divinités courroucées ; mais, sans parler des lourds sacrifices d'argent que dut s'imposer Octavien, afin de payer le sang versé pour sa cause sur tant de champs de bataille, il n'a, certes, pas négligé non plus de s'acquitter envers les dieux des vœux qu'il fit au cours de ses différentes expéditions. N'est-ce pas lui qui, après Actium, dans un triomphe de trois jours, immola une foule de victimes dans tous les temples de Rome, sur 300 autels élevés aux dieux italiques en vertu d'un vœu solennel [1] ? Que l'on songe aussi que Virgile a consacré tout son talent dans l'Enéide à remettre en honneur les vieux rites du culte national, entrant ainsi dans les idées d'Auguste qui voyait dans la religion officielle un des principaux instruments de son règne, et l'on ne s'étonnera pas qu'il ait mis en relief, sous la figure d'Aristée, ce trait essentiel de la politique impériale. Auguste lui-même n'était pas éloigné de se considérer et d'être accepté par les autres comme une sorte d'Apollon sauveur et guérisseur [2], né pour tout réparer et pour faire couler de nouveau les sources de la vie dans les veines du corps social. Suétone a rapporté [3], d'après Asclépiade de Mendès, auteur de *Théologoumènes*, quelle fut la miraculeuse conception d'Atia, mère d'Auguste, assimilable à Cyrène, mère d'Aristée. S'étant endormie un jour dans

[1] *At Caesar triplici invectus Romana triumpho moenia, dis italis, votum immortale, sacrabat maxima ter centum totam delubra per urbem.* et vers suivants. Aen. VIII, 714-720.

[2] Cf. Georg. I, 24 sqq, et 498 à 505.

[3] Vie d'Auguste, ch. 94.

le temple d'Apollon, elle devint enceinte de ce dieu unie à elle sous la forme d'un serpent. L'enfant, qui naquit le dixième mois après ce prodige, passa pour un fils d'Apollon. Le même Suétone nous apprend (Aug. 70) qu'il fut grand bruit dans Rome, en un temps de famine, d'un mystérieux banquet, vulgairement désigné sous le nom de repas des douze dieux, dans lequel les convives s'étaient costumés en dieux et en déesses, et où Octavien avait représenté Apollon. Son biographe a cité, à ce propos, les vers satiriques d'un anonyme qui flétrissait une telle profanation. Plus tard, le temple d'Apollon Palatin fut bâti dans le voisinage immédiat de la maison d'Auguste.

C'est aux nymphes, compagnes d'Eurydice, à ces divinités des eaux vivifiantes qui circulent dans la nature entière pour y entretenir la fraîcheur et la vie, qu'Aristée élève des autels. Ces autels, au nombre de quatre, n'ont-ils pas été pour Virgile comme la figure de Rome, de la *Roma quadrata* de Romulus, laquelle se couvrit, sous Auguste, de sanctuaires anciens et nouveaux et devint, ainsi que le Panthéon d'Agrippa, une ville consacrée à tous les dieux du paganisme. Comment Astrée, la Vierge céleste de la Justice et de l'Abondance, ne serait-elle pas revenue alors habiter parmi les mortels, au milieu d'un peuple où les dieux étaient honorés, où le prince, fidèle gardien et observateur des lois, donnait l'exemple de l'antique simplicité des mœurs, rendait à tous une justice impartiale et faisait revoir au monde les jours heureux de l'âge d'or ? Maintenant, si Astrée pouvait être aisément confondue avec l'Eurydice du mythe orphique, Virgile, en donnant à cette fable une forme nouvelle par une sorte de contamination avec celle d'Aristée, a pu assimiler dans son esprit l'amante d'Orphée, soit à Rome, soit à l'Italie [1], objets de la convoitise de l'ancien triumvir. Rome n'était-elle pas, en effet, la ville du droit, celle qui était faite pour donner des lois au monde, *Tu*

---

[1] L'accusatif *Italiam* peut se substituer dans le vers à *Eurydicen*, de même que la Lesbia de Catulle est le pseudonyme de Clodia et son équivalent rythmique. C'est le lieu de rappeler ici que chez le poète Ennius, la mère des fondateurs de Rome portait le nom d'Eurydice.

regere imperio populos, Romane, memento [1], et l'Italie n'était-elle pas la contrée aux riches moissons, *magna parens frugum* [2], cette terre de Beauté, dont la destinée semble avoir toujours été d'être, comme Eurydice, l'amante idéale des âmes de poètes tels que Virgile, le Dante, Pétrarque, et d'être la victime des ambitieux qui s'en sont disputé la possession à travers les siècles? Lorsque le sang romain, versé à flots sur les champs de bataille, eut assez expié les crimes du passé pour que la Justice divine fût satisfaite [3], l'Italie vit s'élever dans ses cités dépeuplées par la guerre civile une race purifiée, non moins sainte et agréable aux dieux que les abeilles, prêtresses de Cybèle et de Déméter [4].

[1] Aen. VI, 851.

[2] Georg. II, 172.

[3] *Satis jam sanguine nostro Laomedonteæ luimus perjuria Trojae.* Georg. I, 501 sqq.

[4] Durant les guerres civiles, le droit avait été foulé aux pieds par la violence. Sous l'empire, les lois romaines, mises de plus en plus en accord avec le droit naturel, devinrent le bien commun du monde civilisé, et le nom fatidique d'Eurydice (Ευρυδίκη) répondit plus que jamais à la réalité.

Comment alors ne se serait-elle point apaisée et n'aurait-elle pas pardonné à Auguste les outrages d'Octavien [1] ?

L'un des plus remarquables succès de ce prince, plus heureux en cela que César [2], est d'avoir fait concourir à l'œuvre de son ambition personnelle les ennemis mêmes du pouvoir absolu, comme Cicéron, et plusieurs de ses anciens adversaires, comme Asinius Pollion, Munatius Plancus, Messalla, avec leur entourage de poètes en renom. Antoine lui-même, le plus redoutable de ses concurrents, travailla, sans le vouloir, à sa grandeur. Tant Auguste sut enchaîner les volontés rebelles par le prestige de son attitude impassible et retenir captif ce Protée aux changeants aspects qu'on appelle l'esprit public, en le surprenant dans son sommeil au sortir des grandes agitations politiques. Au reste, tous ceux dont il a fait ses collaborateurs

[1] *Magna luis commissa*, etc. Georg. IV, 452.

[2] En réalité, il se montra plus habile politique : il sut rallier à lui ceux qui respectaient encore la vieille religion, tandis que César s'aliéna beaucoup de gens par ses attaques contre les choses saintes.

dans la paix et dans la guerre, comme Mécène
et Agrippa, s'effacèrent devant la majesté impériale. De même que Protée, ils sont rentrés, une
fois leur ministère accompli, au sein des masses
désormais pacifiées ; un seul eut ainsi la gloire
d'avoir ouvert à la République une ère nouvelle, tout en donnant des satisfactions illusoires
à ceux qui caressaient le rêve d'un retour
impossible au passé. Dans cet enfantement de
l'empire, c'est en Protée que se personnifient
les forces occultes par lesquelles s'opérait la
transformation d'un ordre de choses destiné à
disparaître pour faire place à d'autres créations.

Auguste fut l'heureux triomphateur acclamé,
en son temps, par l'Italie entière ; mais la victoire définitive et durable est restée, en réalité,
aux idées qui fermentaient obscurément dans la
société d'alors et dont Orphée peut être regardé
comme le représentant. L'empire ne leur fut
rien moins que favorable, mais il s'efforça vaï-
nement de les étouffer. C'est alors qu'aux âmes
oppressées l'Eglise chrétienne ouvrit les perspectives consolantes de la Cité céleste ; et, par
la suite des temps, la Rome des papes ayant

succédé à la Rome des empereurs, le monde
vit Aristée, revenu à son véritable rôle de pasteur, réunir sous sa houlette les brebis disper-
sées parmi les Gentils et celles qui affluaient de
toutes les parties du monde barbare.

CHAPITRE VI

Interprétation d'ordre moral et théologique

Jusqu'ici, nous dira-t-on peut-être, votre tentative d'explication réussit comme à souhait. Vous êtes parvenu à nous convaincre, à peu près, de la réalité des liens secrets que vous croyez avoir découverts dans l'épisode du IVme chant des Géorgiques avec le sujet général du poème et avec le dessein patriotique qui en a inspiré la conception. Nous avons vu, en effet, se résumer à la fois dans la personne d'Aristée les travaux divers de l'agriculteur et les plus graves préoccupations de l'homme d'Etat. Ses abeilles, tour à tour décimées et régénérées, représentent à merveille un peuple de citoyens ou de sujets qui trouve dans son prince les causes de sa ruine ou de son salut. Quant à la nymphe

Eurydice, nous voulons bien admettre, quoique non sans hésitation, qu'elle est la figure de l'état prospère d'une société où règnent les bonnes mœurs et la justice ; qu'elle soit même, si l'on veut, une incarnation de la terre italienne et de la Rome républicaine, ardemment aimée et non moins ardemment convoitée, victime de ses propres enfants et courroucée contre eux, puis apaisée par de sanglants sacrifices et prête à faire sortir de ses entrailles des générations nouvelles. Elles sont pourtant bien extraordinaires et de nature à déconcerter l'esprit, les transformations que, selon vous, l'enchanteur Virgile a fait subir à ces grandes figures historiques de l'Italie, de Rome et du fondateur de l'empire. Qui sait si vous ne craignez pas vous-même de vous être laissé séduire et entraîner trop loin par de décevants fantômes ? Mais vous ne sauriez vous arrêter en si beau chemin ; il faut aller jusqu'au bout de votre fantaisie.

Or, il est un personnage qui joue un rôle des plus importants dans l'épisode en question, et sur lequel vous n'avez encore ouvert que de vagues aperçus, insuffisants à justifier sa présence. A quoi donc Orphée peut-il bien correspondre dans ce monde romain qui était aux antipodes de la poésie et de l'esprit orphique ? Quelle place lui faites-vous dans votre construction ? Voilà où nous vous attendons, voilà le moment critique où va sans doute échouer la tentative téméraire d'interpréter allégoriquement une œuvre qui risque fort de sortir de vos mains plus obscure et plus énigmatique qu'elle ne l'était dans sa primitive simplicité. Nous direz-vous, pour sortir d'embarras, qu'Orphée n'est autre que le poète lui-même qui s'est dissimulé ou plutôt glorifié sous un nom illustre ? Mais alors, comment expliquer sa rivalité avec celui qu'il a célébré comme un dieu ? Que signifie son corps mis en pièces et dispersé dans les campagnes ? En vérité, si vous n'avez rien de mieux à nous proposer, nous désespérons de voir clair dans votre élucubration.

Il n'est pas douteux que les traits généraux de la physionomie d'Orphée ne conviennent à un poète d'un tempérament aussi religieux que le fut Virgile, lui qui a fait du pieux Enée le type de l'héroïsme. Nous ne pensons pourtant pas qu'il soit nécessaire de reconnaître dans Orphée le portrait d'aucun individu, en particulier, qui ait figuré dans l'histoire de ce temps. Sa douloureuse destinée semble plutôt faite pour évoquer l'image des vicissitudes et des tristesses éprouvées par le nombre, toujours si considérable, des hommes paisibles qui sont les simples témoins et souvent les victimes des passions déchaînées dans le conflit des partis en présence. L'infortuné Mélibée de la première églogue en est un exemple entre des milliers d'autres expulsés, comme lui, de leur patrimoine et contraints de s'exiler sous d'autres cieux jusqu'aux extrémités du monde. « Voilà, s'écrie-t-il, le cœur brisé, voilà où la discorde a conduit des citoyens malheureux ! [1] »

Les idées et les sentiments que représente Orphée répondent d'ailleurs, on ne peut mieux, à un état des âmes qui a dû être commun à l'époque où sombrait la république et où la société antique passait par une crise des plus

---

[1] Vers 171 sq. : *En, quo discordia cives produxit miseros*

redoutables qui faisait déjà présager la fin de l'empire et même la ruine du monde à plus ou moins lointaine échéance [1]. L'ancien ordre de choses était entré, en effet, dans la période du déclin et de la vieillesse. Comme, aux premiers froids de l'automne, les feuilles tombent par milliers dans la forêt [2], de même dans la société romaine, appuyée encore sur de si fortes et profondes racines, les tempêtes politiques emportaient, pièce à pièce, les dépouilles de son passé, institutions, croyances et coutumes, toute cette frondaison luxuriante à l'ombre de laquelle s'étaient abritées tant de générations. Ce n'était pas seulement l'agriculture qui se voyait délaissée. Par lassitude, on se désintéressait de plus en plus des affaires publiques ; on n'avait

---

[1] Horace, Epod. 16, 2, *suis et ipsa Roma ruit viribus.* Cf. Lucrèce I, v. 1163 à 1171. *Nec tenet (arator), omnia paulatim tabescere, et ire ad scopulum spatio ætatis defessa vetusto.* Cf. V, 106 à 110. Ovide, Métam. I, 256. Sénèque, Consolatio ad Marciam, ch. XXVI, 6. Consolatio ad Polybium, ch. I, 2. Epist. 71, 12.

[2] *Quam multa in silvis autumni frigore primo lapsa cadunt folia* (Aen. VI, 309).

plus confiance dans les garanties sociales conquises au prix de bien des efforts et à la suite de transactions laborieuses. Ni la liberté individuelle et les lois Porciæ, équivalant à l'*habeas corpus,* ni la propriété, ni les liens conjugaux n'étaient assurés. L'arbitraire et les proscriptions avaient remplacé le règne des lois et du droit. Depuis longtemps on n'attendait plus rien des dieux ; leur culte n'était qu'une forme vaine sans action sur les consciences, et voilà qu'on ne pouvait plus même avoir foi dans la cité. Le titre de citoyen romain, devenu vulgaire à force d'être prodigué, n'était qu'un mot.

Un grand vide s'était donc produit dans les âmes. Pour répondre aux vœux de la multitude, ainsi qu'aux aspirations de la classe cultivée, il ne suffisait pas de donner aux peuples du pain et des spectacles, avec la paix extérieure. Un gouvernement réparateur put, sans doute, rouvrir les sources taries de la prospérité matérielle, encourager l'agriculture et faire partout renaître l'abondance ; mais des besoins d'un autre ordre réclamaient aussi leur satisfaction, *primo vivere, deinde philosophari.* Il est des blessures qui ne se cicatrisent pas avec des remèdes terrestres.

Tenus jalousement à l'écart de la vie publique et de l'activité au dehors, les meilleurs esprits furent naturellement amenés à chercher en eux-mêmes, dans la vie intérieure, des ressources et des consolations. On se réfugia toujours davantage dans les relations de la famille et de l'amitié ; on apprit peu à peu à se grouper autre-ment, non plus sous l'égide de l'Etat, mais autour du foyer domestique ou près d'un autel. Tandis que les uns s'efforçaient de tromper leur ennui par des voyages sans but, par des spectacles toujours nouveaux ou par le tracas qu'ils se donnaient de constructions élevées à grands frais pour être bientôt après démo-lies [1], les autres s'enfermaient dans leur cabi-

---

[1] Lucrèce a dépeint en vers admirables la vaine agita-tion de ceux pour qui la vie est devenue un fardeau. III, 1073 à 1081. Cf. Horace Epist. I, 1, 82-87 et 98-100. Od. III, 1, 33 à 40. On peut voir aussi chez Sénèque un cas curieux de spleen décrit dans les deux premiers cha-pitres de son neuvième dialogue *De tranquillitate animi,* et traité dans la suite de cet ouvrage.

net d'étude pour s'adonner aux lettres et aux travaux d'érudition. Plusieurs s'adressèrent à la philosophie, cette médecine des âmes malades ; on vit des philosophes, Grecs et Latins, s'installer à demeure dans les familles riches et y remplir le rôle de confesseurs et de directeurs des consciences. Les femmes recoururent de préférence aux cérémonies des religions orientales ; beaucoup d'entre elles se firent initier aux mystères d'Isis. On s'organisa en confréries, ces rudiments d'églises, en attendant la grande église chrétienne qui devait absorber toutes les autres. Une cité idéale tendait ainsi à prendre la place de la cité réelle qui n'était plus guère qu'un souvenir. Il ne manqua pas non plus de gens, surtout dans le parti vaincu, qui, désillusionnés de toutes choses et n'ayant à opposer aux suggestions du désespoir que le plus désolant scepticisme[1], noyèrent leur tris-

---

[1] La parole de Ponce Pilate : *Qu'est-ce que la vérité ?* est bien l'expression de ce que pensaient un grand nombre de Romains. Brutus, avant de se faire donner la mort, déclara que la vertu n'était qu'un mot (*Dion Cassius,* 47-49).

tesse dans le nirvana de l'indifférence et de l'oubli. Combien enfin qui ne trouvèrent d'asile que dans le sommeil de la mort ! Les suicides se multiplièrent d'une façon effrayante.

A une situation morale si profondément troublée, rien ne pouvait être mieux approprié que le génie tendre et sympathique de Virgile, de ce consolateur dont la mort eût causé d'universels regrets s'il eût péri de la main d'un vétéran, comme il en fut menacé en l'an 40. « Hélas ! » s'écrie le berger Lycidas dans la IXme églogue, en apprenant le danger couru par l'auteur des beaux chants qui charmaient ses ennuis, « avec toi, Ménalque, nous « avons failli perdre ce qui faisait notre conso- « lation[1]. » Le Ménalque dont il est ici question n'est autre que Virgile lui-même. Il semble, en effet, que ses vers, empreints d'une grâce indicible, d'une harmonie suave et pénétrante, pareille aux accords d'une musique lointaine, fussent faits pour verser dans les cœurs l'oubli

---

[1] *Heu ! tua nobis paene simul tecum solatia rapta, Menalca !* (*Ecl.*, IX, 17 sq.)

des maux de cette vie[1]. La disposition d'esprit qui portait Virgile à la mélancolie lui a fait peindre de préférence les paysages d'automne, les forêts silencieuses, le calme des nuits étoilées. La lune, « amie du rêve, » l'a bien souvent inspiré, tandis qu'il ne se rencontre dans Homère qu'un seul endroit où cet astre apparaît dans sa splendeur, éclairant de ses rayons, l'étendue des mers et les lointains promontoires[2]. Il est vrai que ce passage, s'il est unique en son genre, est d'une rare beauté. Plus est mieux que nul autre avant lui, Virgile a ressenti et exprimé le besoin qu'éprouvait l'homme, après des siècles d'intense activité et d'âpre énergie, de se recueillir devant les scènes paisibles de la nature, de s'abandonner aux beaux rêves de l'idéal et de s'égarer dans le monde

[1] *Lenibant curas et corda oblita laborum.* (*Æn.*, V, 528, cf. IX, 225.)

[2] *Iliade,* VIII, 554 sqq. Cf. *Géorg*, III, 337. *Æn.*, II, 255, 340; III, 152; IV, 81, 513; VI, 270, 454; VII, 9; IX, 403.

de l'invisible [1]. Ces tendances et ces dispositions, si étrangères à l'ancienne Rome, s'éveillèrent alors avec d'autant plus de vivacité qu'elles avaient longtemps été comprimées par la forte discipline et le régime sévère des âges antérieurs. Le bon sens pratique et le prosaïsme des vieux Romains durent céder peu à peu la place à la fantaisie, à l'art et à toutes les élégances de la vie. Ces éléments nouveaux

[1] Nous ne voudrions pas cependant exalter le mérite de Virgile aux dépens de celui qui mourait pour la république alors que le poëte allait bientôt dédier ses églogues à un ami d'Antoine et à Octavien, c'est-à-dire à ceux qui venaient de proscrire le grand orateur. Avant Virgile, Cicéron a tourné les pensées des Romains vers les questions de l'au-delà et de l'immortalité de l'âme, et Virgile a pu s'inspirer des beaux chapitres des traités de la Vieillesse et de la République (*Songe de Scipion*), où Cicéron a reproduit éloquemment les idées de Pythagore, de Platon et de Xénophon sur l'existence future. S'il a trouvé, comme il disait, de l'or dans le fumier d'Ennius, il n'a pas moins fait des emprunts à Cicéron, soit dans ces matières, soit dans l'éloge des joies de la vie agricole (*de Sen.*, ch. 15 sq.), bien qu'il n'ait pas cru devoir le nommer dans le défilé des anciennes et des récentes illustrations de Rome, au VIme livre. Le talent oratoire qui brille dans tant de morceaux de l'*Enéide* ne doit-il rien non plus aux grands exemples donnés par Cicéron?

étaient encore, il est vrai, à l'état embryonnaire
à l'époque où vécut Virgile; ils ne se sont
pleinement développés que dans l'Italie catho-
lique, dans la Rome des papes, vers la fin du
moyen âge et au siècle de la Renaissance. Mais
on sent chez notre poète et, avant lui, déjà
chez Lucrèce, les premiers souffles de l'esprit
qui devait pénétrer les littératures modernes,
surtout chez les peuples du Nord; on y sur-
prend cette noble inquiétude qui transporte la
pensée jusqu'aux bords de l'inconnaissable. Le
mystère de l'au-delà attirait Virgile. Aussi
l'Eglise ne s'y est-elle pas trompée : elle a re-
connu en lui l'un des messagers de la religion
nouvelle, un précurseur des apôtres au milieu
des Gentils. Constantin l'a désigné comme un
prophète devant le concile de Nicée pour avoir
annoncé la venue du Christ dans la IVme
églogue. Saint Augustin a recommandé l'étude
de ce poète à la jeunesse des écoles. Dans une
messe où saint Paul est mis en scène, on chantait ces vers :

Ad Maronis mausoleum
ductus fudit super eum
piæ rorem lacrimæ.
Quem te, inquit, reddidissem
si te vivum invenissem
poetarum maxime !

Quant à l'hymne célèbre :

Dies iræ, dies illa,
solvet saeclum in favilla
teste David cum Sibylla,

elle date du XIIIme siècle et atteste la persistance
de l'opinion chrétienne favorable à Virgile. Il
en est de même des légendes napolitaines dont
les premières traces remontent au XIIme siècle.
Le dernier des lazzarones, a-t-on dit, garde en
son cœur une petite place au magicien Virgile,
à côté de saint Janvier. Le Dante, enfin, l'a salué
comme son maître et son modèle ; il l'a pris
pour guide dans les enfers, persuadé qu'il le
conduirait sûrement à travers les sombres
régions jusqu'aux lieux où brille une pure et
céleste lumière.

Orphée lui-même, poète sacré, fondateur de mystères et de cérémonies expiatrices, fidèle, par delà la mort, à son chaste amour pour une nymphe tout idéale, déchiré par des femmes vulgaires et en délire qu'avaient irritées les dédains d'un être de race supérieure, épris de la seule beauté divine et ne trouvant enfin le repos qu'en s'abreuvant des pavots du Léthé, n'a-t-il pas été associé à son émule Virgile dans la vénération des chrétiens des premiers siècles ? Théophile d'Antioche, saint Clément d'Alexandrie ont vu en lui le symbole du Dieu fait homme et attirant tous les cœurs par le charme de sa parole. L'une des fresques de la catacombe de saint Calliste le représente avec sa lyre, au centre d'un octogone, entouré de huit petits tableaux où sont peints des sujets tirés de l'Ancien et du Nouveau-Testament. Comme tous ceux qui devançant les idées de leur temps, ont rompu avec le monde ou vécu dans un monde transcendantal, Orphée a été rejeté et mis en pièces par les siens. Sa longue retraite dans les régions désertes et glacées des monts Hyperboréens n'est-elle pas le prélude,

en quelque sorte, des grandes institutions mo-
nastiques sorties de l'Irlande, dans lesquelles
la pensée s'est recueillie durant les siècles du
moyen âge, alors que les hymnes sacrés se
faisaient entendre, soir et matin *(te veniente die,
te decedente canebat)*, sous les voûtes des sanctuaires, à l'honneur de la Vierge? Sans mé-
connaître les différences qui distinguent toujours des choses fort éloignées dans le temps et
dans l'espace, nous pensons que les formes
nouvelles du sentiment religieux sont issues de
besoins existant déjà dans le paganisme. Orphée
représente donc, à ce point de vue, certaines
prédispositions morales qui ont ouvert le chemin des cœurs à la prédication chrétienne.

Virgile s'en est fait l'interprète, et c'est par
là qu'il est, en un sens, le plus moderne des
écrivains de l'antiquité [1]. Nulle part, sans

---

[1] Ce n'est pas nous contredire, loin de là, si nous fai-
sons observer ici qu'on respire parfois dans Virgile
comme un parfum venu de l'Orient et du bouddhisme
indien. Les beaux vers si souvent cités : *Sunt lacrimae
rerum et mentem mortalia tangunt* (Aen. I. 462) et *Non
ignara mali miseris succurrere disco* (I. 630) sont l'expression d'une sympathie et d'une pitié qui embrassent tous

doute, les idées dont nous parlons n'ont été ténorisées par lui catégoriquement; le poète serait sorti par là des conditions de l'allégorie. Rien d'ailleurs de dogmatique dans les conceptions religieuses de la Grèce et de Rome. C'est exceptionellement que, dans le IVme livre des Géorgiques, [1] Virgile a formulé en quelques beaux vers, à propos des abeilles, l'idée de l'immanence divine chez tous les êtres[2]. Les espérances d'une vie future, d'une renaissance ou d'une métempsychose et d'un apaisement possible des puissances inexorables de l'enfer

les êtres et ne s'enferment pas dans les bornes étroites d'une race et d'une nationalité. Et n'est-ce pas un écho lointain du pessimisme de Bouddha que cette sentence : *Optima quaeque dies miseris mortalibus aevi prima fugit...* Georg. III. 66 sq., et surtout l'exclamation d'Enée en voyant les ombres se presser vers les bords de la lumière : *Quae lucis miseris tam dira cupido ?* Aen. VI. 721, pensée qui se trouve déjà presque textuellement dans Lucrèce III. 1090: *Quae mala nos subigit vitaï tanta cupido ?* avec des développements d'où Virgile a aussi emprunté ce généreux mouvement de Turnus : *Usque adeone mori miserum est ?* (Aen. XII. 646).

[1] V. 218 à 227.

[2] Un exposé dogmatique de plus d'étendue se rencontre aussi dans l'Enéide VI. 724 à 751.

(nesciaque humanis precibus mansuescere corda),
ne ressortent que vaguement du fond même
du mythe d'Orphée et d'Eurydice ; mais les
impressions bienfaisantes qu'il communique
résultent surtout du ton général, du coloris des
tableaux et des scènes pathétiques qui se
déroulent sous nos yeux. La poésie de Virgile
est suggestive comme la musique, précisément
parce qu'elle est indéterminée comme celle-ci
et que rien n'y limite l'essor du rêve. Elle
produit les mêmes effets que le bourdonnement
confus des abeilles dont le murmure, si doux à
entendre, endort les âmes endolories [1].

Ne sommes-nous pas en droit de conclure,
après tout cela, qu'il était digne d'un grand
poète d'offrir à l'esprit des perspectives autre-
ment vastes que celles qu'auraient pu leur
faire entrevoir les leçons d'un professeur d'éco-
nomie rurale ? Il a répondu par là, comme
d'instinct, aux aspirations, non seulement de
ses contemporains, mais encore de l'homme de
tous les temps et de tous les lieux. Est-ce à

---

[1] *Sepes Hyblaeis apibus florem depasta salicti saepe levi
sommum suadebit inire susurro.* Egl. 1. 54 sqq.

dire qu’il ait résolu l’éternel problème de la destinée humaine ? Nullement, mais il a du moins donné à entendre qu’il y a de la grandeur dans l’inquiétude qui fait chercher quelque chose au delà des réalités sensibles. En tout cas, on ne saurait l’accuser d’avoir terminé malencontreusement son poème par un hors d’œuvre purement décoratif, n’ayant pas de raison d’être ni de portée. L’agriculteur n’a pas toujours le front incliné vers la terre. Il aime à reporter aussi ses regards vers la ville dont les hautes tours forment son horizon, vers l’azur du ciel qui s’étend au-dessus de sa tête ; car s’il tient par de fortes attaches au sol qui le nourrit, il ne se sent pas moins dépendant de la cité qui le protège et des astres qui règlent sa destinée. Or l’épisode d’Aristée, tout en l’entretenant de ses travaux accoutumés, si matériels et pourtant si poétiques, était de nature à le rassurer à l’endroit des puissances qui dominent son existence ici-bas, et à lui faire envisager avec moins d’effroi le mystérieux avenir qui l’attend après une vie de rudes labeurs.

CONCLUSIONS

Il est temps de clore ici cette étude dont les résultats peuvent se résumer en peu de mots :

1° C'est un point acquis, ce nous semble, et mis hors de doute que la calamité qui a frappé les abeilles d'Aristée répond exactement à la désolation des campagnes de l'Italie après les guerres civiles, c'est-à-dire à la cause même qui a fait écrire les Géorgiques.

2° Celui qui était le plus directement intéressé à remédier aux maux dont il était lui-même en partie responsable, ne peut avoir été qu'Auguste dans la pensée de Virgile. C'est lui qui a joué, comme Aristée, le rôle d'un Apollon guérisseur et sauveur : non content d'avoir assuré aux Romains les bienfaits de la paix et la prospérité matérielle, il a créé de nombreuses colonies et repeuplé les anciennes cités ; et,

pour apaiser le courroux des dieux, il a relevé
leurs autels, restauré leurs temples et remis en
honneur les cérémonies de la religion officielle.

3° La mère d'Auguste, Atia, fut sans doute,
pour lui ce que Cyrène, dans Virgile, est pour
son fils Aristée; elle l'encouragea et le diri-
gea dans l'œuvre de restauration de la société
romaine.

4° L'intervention de Protée, personnification
des forces qui président aux métamorphoses de
la matière, n'a rien que de naturel dans les révolutions politiques; il représente l'action des
causes qui agissent dans les profondeurs de la
société. On peut aussi lui rapporter les mouve-
ments variables de l'opinion publique. A qui
sait la consulter, elle donne de salutaires conseils; elle avertit des fautes commises et met
sur la voie de prendre les mesures appropriées
à la situation.

5° Si Aristée est l'homme d'Etat aux prises
avec de grandes difficultés, l'esprit positif tout
occupé des besoins présents, Orphée est le type
des natures tendres et mystiques qui souffrent
au milieu du conflit des ambitions déchaînées. Il

n'a pour se défendre que les accents de sa lyre. Inconsolable dans le deuil qu'il mène de ce qu'il avait de plus cher au monde, il ne lui reste qu'à oublier en s'abreuvant des eaux du Léthé (*lethæa papavera*, Géorg., IV, 544). De même, à Rome, tandis qu'Auguste triomphait au Capitole, beaucoup pleuraient la perte irréparable de leurs espérances ; car la république était bien morte, et rien ne pouvait plus la rappeler à la vie.

6° Nous avons cru voir dans l'infortunée Eurydice l'image touchante de la patrie, victime innocente des discordes civiles ; mais ce que nous avons dit de l'importance des nymphes en général, au point de vue des phénomènes naturels, suffirait déjà pour que la figure d'Eurydice et de ses compagnes eût sa raison d'être dans un épisode destiné à l'illustration des choses rustiques. Les rapports que nous lui avons attribués, en outre, avec Rome et l'Italie, sont assurément de nature assez vague et problématique ; mais on ne s'arrêtera pas, croyons-nous, à cette difficulté, si l'on fait réflexion que tous les éléments narratifs contenus dans un mythe ou

dans une allégorie ne sauraient avoir leur
corrélatif dans la réalité, de même qu'inversément, il y a dans celle-ci des faits, en nombre
bien plus grand encore, qui échappent aux
prises d'un récit fictif. Ce que l'on est en
droit d'exiger, c'est que l'idée capitale ressorte
avec une clarté suffisante. Or cette condition
nous paraît remplie dans l'épisode d'Aristée,
tel que nous l'avons compris.

Avons-nous trouvé le mot de l'énigme, ou
de purs fantômes ont-ils hanté notre esprit ?
C'est à d'autres d'en juger. Chacun appréciera
jusqu'à quel point nous avons réussi à justifier
d'un reproche qui nous semblait immérité un
poète digne d'être toujours très haut placé
dans l'estime de ceux qui aiment encore les
lettres anciennes.

TABLE DES MATIÈRES

GENÈVE. — IMP. CAREY, (W. KÜNDIG & FILS, SUCC^{rs}.)